AF644772

हिन्द पॉकेट बुक्स

अंग्रेज़ी के श्रेष्ठ कवि और उनकी श्रेष्ठ कविताएँ

प्रसिद्ध शायर तथा प्रोफ़ेसर कुलदीप सलिल दिल को छू लेने वाली गज़लें लिखने में माहिर हैं। उन्होंने न केवल अपनी स्वयं की शे'रो शायरी लिखी, वरन् दुनिया भर के प्रख्यात कवियों की रचनाओं का संपादन भी किया है। इसके लिए उन्हें अग्निपथ कलारत्न अवार्ड-2018 से सम्मानित किया गया है। इनकी *बीस साल का सफ़र, हवस के शहर में, जो न कह सके, आवाज़ का रिश्ता, आग से गुज़रकर* काव्य पुस्तकें प्रकाशित हो चुकी हैं।

कुलदीप सलिल हिन्दी के अतिरिक्त अंग्रेज़ी में भी कविताएं लिखते हैं। उन्होंने ग़ालिब, इक़बाल, फ़ैज और अहमद फ़राज़ के अनुवाद भी किए हैं, जिन्हें साहित्य अकादमी और डी. ए. वी. ने पुरस्कृत किया। वे अर्थशास्त्र तथा अंग्रेज़ी में एम. ए. हैं तथा दिल्ली विश्वविद्यालय के हंसराज कॉलेज से अंग्रेज़ी विभाग के एसोसिएट प्रोफ़ेसर के पद से सेवामुक्त हुए हैं।

अंग्रेज़ी के

श्रेष्ठ कवि
और उनकी
श्रेष्ठ कविताएँ

कुलदीप सलिल

संपादन सहयोग

ओम सपरा

हिन्द पॉकेट बुक्स

पेंगुइन रैंडम हाउस इम्प्रिंट

हिन्द पॉकेट बुक्स

यूएसए। कनाडा। यूके। आयरलैंड। ऑस्ट्रेलिया। सिंगापुर
न्यू ज़ीलैंड। भारत। दक्षिण अफ्रीका। चीन

हिन्द पॉकेट बुक्स, पेंगुइन रैंडम हाउस ग्रुप ऑफ़ कम्पनीज़ का हिस्सा है, जिसका पता www.hindpocketbooks.com पर मिलेगा

पेंगुइन रैंडम हाउस इंडिया प्रा. लि.,
चौथी मंजिल, कैपिटल टावर 1, एमजी रोड,
गुरुग्राम 122002, हरियाणा, भारत

पेंगुइन
रैंडम हाउस
इंडिया

प्रथम हिन्दी संस्करण हिन्द पॉकेट बुक्स द्वारा 2014 में प्रकाशित
यह हिन्दी संस्करण 2019 में प्रकाशित
कॉपीराइट © कुलदीप सलिल, 2014

सर्वाधिकार सुरक्षित

10 9 8 7 6 5 4 3 2

इस पुस्तक में व्यक्त विचार लेखक के अपने हैं, जिनका यथासंभव तथ्यात्मक सत्यापन किया गया है, और इस संबंध में प्रकाशक एवं सहयोगी प्रकाशक किसी भी रूप में उत्तरदायी नहीं हैं।

ISBN 9789353490157

मुद्रकः रेप्रो इंडिया लिमिटेड

यह पुस्तक इस शर्त पर विक्रय की जा रही है कि प्रकाशक की लिखित पूर्वानुमति के बिना इसका व्यावसायिक अथवा अन्य किसी भी रूप में उपयोग नहीं किया जा सकता। इसे पुनः प्रकाशित कर विक्रय या किराए पर नहीं दिया जा सकता तथा जिल्दबंद अथवा किसी भी अन्य रूप में पाठकों के मध्य इसका परिचालन नहीं किया जा सकता। ये सभी शर्तें पुस्तक के ख़रीददार पर भी लागू होंगी। इस संदर्भ में सभी प्रकाशनाधिकार सुरक्षित हैं।

www.penguin.co.in

MIX
Paper from responsible sources
FSC® C047271

This is a legitimate digitally printed version of the book and therefore might not have certain extra finishing on the cover.

अंग्रेज़ी के श्रेष्ठ कवि और उनकी श्रेष्ठ कविताएँ

कुलदीप सलिल

इस पुस्तक के विषय में

लगभग बावन वर्ष पहले दिल्ली विश्वविद्यालय में नौकरी के लिए एक इण्टरव्यू में मुझसे विलियम वर्ड्सवर्थ पर प्रश्न पूछे गये, जिनका उत्तर देते हुए मैंने वड्सवर्थ की मशहूर कविता 'इम्मॉरटेलिटी ओड' के एक अंश का काव्यानुवाद भी सुनाया। अंग्रेज़ी विभाग के तत्कालीन अध्यक्ष डॉ. सरूप सिंह को यह अनुवाद पसंद आया और उन्होंने मुझे रॉबर्ट फ्रॉस्ट की बहु-चर्चित कविता 'स्टॉपिंग बाई वुड्ज़ ऑन ए स्नोई ईवनिंग' का भी अनुवाद करने का सुझाव दिया। तब से अंग्रेज़ी कविताओं के अनुवाद करने का मेरा सिलसिला शुरू हुआ। क्योंकि ये कवितायें मैं वर्षों से पढ़-पढ़ा रहा हूँ, इनका अनुवाद करने में मुझे कोई विशेष कठिनाई पेश नहीं आयी। एक तरह से, यह काम मुझे सुखद ही लगा। इसके अलावा, मैं पिछले कई वर्षों से अंग्रेज़ी में कवितायें लिख रहा हूँ और इनका अनुवाद भी करता हूँ। ये कवितायें और अनुवाद अनेक पत्र-पत्रिकाओं में एक साथ प्रकाशित होते हैं। इन कविताओं का अनुवाद करने में मुझे बहुत ही कम समय लगता है। नियमित रूप से अपनी कविताओं के अनुवाद करने का एक लाभ यह हुआ कि अंग्रेज़ी कवियों की कविताओं का अनुवाद करना मेरे लिए और भी सुगम हो गया।

अनुवाद चाहे कविता का हो या गद्य का, इसमें दक्षता अभ्यास से आती है। किसी कविता का अनुवाद करने के लिए, उससे लगाव होना, उसे आत्मसात करना भी ज़रूरी है, मैं तो कहूँगा कि अनुवादक का कवि होना भी जरूरी है। मूल हो या अनुवाद, कविता, ध्वनि (Sound) और अन्दरूनी लय से आगे बढ़ती है। अगली पंक्ति और कई बार तो अगला विचार भी ध्वनि आदि से आता है। बात यह है कि यदि आप किसी कविता को एन्जॉय (enjoy) करते हैं तो वह आपके दिल-दिमाग में रच-बस जाएगी, उसे आप बेहतर एसिमिलेट (assimilate) करेंगे और उसका अनुवाद अच्छा होगा। अच्छा अनुवाद फेथफुल (faithful) भी होना चाहिए और उसमें मूल कविता की आत्मा भी आनी चाहिए। परन्तु इसका यह मतलब नहीं कि मक्खी पर मक्खी मारी जाये। शेफ़र्ड पीच के अनुसार Translation is not just translating ideas from one language to other; a good translation is always akin to the originai poem, Sometimes even better. ट्रांसलेशन केवल ट्रांस्लेशन न होकर ट्रांस्क्रिएशन होना चाहिए, तभी अनुवाद में मूल कविता की आत्मा आ पाएगी। अतः कविता के अनुवाद का काम कविता लिखने से कमतर नहीं है।

हालाँकि अंग्रेज़ी कविताओं का अनुवाद करना मैंने बहुत पहले शुरू कर दिया था, इस संकलन की अधिकांश कविताओं का अनुवाद पिछले सात-आठ वर्षों में किया गया है। कवितायें ऐसी चुनी गई हैं जो कि बहुत मशहूर हैं। स्वाभाविक है कि इस चुनाव में बहुत-सी दूसरी अच्छी और मशहूर कवितायें छूट गई हैं। दो-एक बड़े कवियों का प्रतिनिधित्व भी नहीं हो सका।

समय के साथ, अंग्रेजी भाषा में बदलाव आते रहे हैं, विशेषकर स्पेलिंग में। इस पुस्तक में वही स्पेलिंग रखे हैं, जो कवि के जीवनकाल में प्रचलित थे।

मुझे उम्मीद है कि जिन पाठकों को अंग्रेज़ी कविता पढ़ने का अधिक अवसर नहीं मिला, यह पुस्तक उनकी एक कमी को पूरा करेगी, और जिनका अंग्रेज़ी कविता से सरोकार है, वे इसे रुचिकर पाएँगे। विद्यार्थी इस संग्रह से विशेष रूप से लाभान्वित होंगे। अनुवाद के साथ कवियों का संक्षिप्त परिचय भी दिया गया है, यह परिचय बहुत हद तक इन कवियों की मेरी निजी समझ पर आधारित है।

कुलदीप सलिल

अनुक्रम

मधुकर और
सारिका के लिए

अंग्रेजी के
श्रेष्ठ कवि
और उनकी
श्रेष्ठ कविताएँ

विलियम शेक्सपियर
(1564-1616)

शेक्सपियर अंग्रेज़ी भाषा के या शायद किसी भी देश और भाषा के सबसे बड़े कवि-नाटककार हैं। उनकी सैकड़ों पक्तियाँ सूक्तियाँ बन चुकी हैं। जीवन और मानव-मन की शायद ही कोई ऐसी स्थिति हो, जिस पर उनकी कोई अविस्मरणीय उक्ति न हो। जीवन की ऐसी गहरी समझ, मानव-मन का ऐसा सूक्ष्म अध्ययन और मानव-व्यवहार की ऐसी पकड़ शायद ही किसी और कवि के यहाँ मिले। उन्होंने अनगिनत पात्रों का सृजन किया, जो एक दूसरे से एकदम अलग तथा पूर्ण रूप से विश्वसनीय, वास्तविक और जीवंत हैं। इसमें से कई पात्र तो अमर हो गए हैं जैसे फालस्टाफ, हैमलेट, जेक्स, 'किंग लीयर' और 'मर्चेंट ऑफ वेनिस' का यहूदी तथा परासपैरो, कैलीबान, मिरांडा आदि। इनके नाटकों में दर्जनों राजे, रानियाँ और खलनायक हैं, परन्तु कोई दो राज़े या कोई दो खलनायक एक जैसे नहीं हैं। ये पात्र जितने अलग पहचान वाले हैं उतने ही सार्वभौमिक हैं। आप हैमलेट है, या 'शायलाक मत बनों' –जैसे वाक्य आज मुहावरों का दर्जा पा गए हैं। विस्मय

होता है कि एक ही व्यक्ति जीवन के इतने विविध और विपरीत पहलुओं का ऐसा प्रामाणिक चित्रण कैसे कर सकता है! उनके पात्र ही प्रामाणिक नहीं हैं, तरह-तरह की स्थितियाँ भी प्रामाणिक है!

पात्रों के सृजन, मानव-मनोविज्ञान आदि की समझ के अलावा शेक्सपियर की महानता का रहस्य उनके उद्दात और महान् कवि-पक्ष में निहित है। वे कविता के जादूगर हैं। रोमान और यथार्थ, बुराई-भलाई, सुख-दुःख, प्रेम और विरह, मन की उधेड़-बुन, चक्र-कुचक्र, यानी जीवन-जगत का कोई ऐसा पक्ष नहीं, जो उनकी कलम की पैनी नोक से छूटा हो। जीवन का इतना बारीक अध्ययन और ऐसी उर्वर कल्पनाशीलता केवल उन्हीं के पास है। यदि यह कहा जाय कि इतनी विविधता, इतनी प्रामाणिकता और इतनी कल्पच्चशीलता एक मानब की न होकर महामानव का ही हिस्सा है तो अतिशयोक्ति न होगी।

उनके जीवन के बारे में जानकारी कम ही उपलब्ध है। जन्म स्ट्रेटफर्ड-ऑन-एवॅन में हुआ, विधिवत् औपचारिक शिक्षा सम्भवतः स्ट्रेटफर्ड ग्रामर स्कूल में तीन-चार जमात तक ही हुई, परन्तु अपने परिवेश और होलेनशेड तथा प्लूर्टाक के ग्रन्थों का उन्होंने सूक्ष्म अध्ययन किया। फिर वे लंदन चले गए। पहले उन्होंने मंच से जुड़े छोटे-मोटे काम किए और धीरे-धीरे एक अभिनेता और नाटककार बन गए। 10 वर्ष के अन्दर एक लेखक के रूप में उनका नाम सारे लंदन में और उसके बाहर भी मशहूर हो चुका था। 46 साल की उम्र में जब वे ख्याति के शिखर पर थे, लंदन छोड़कर स्ट्रेटफर्ड-ऑन-एवॅन चले गए जहाँ बावन वर्ष की आयु में उनका देहान्त हुआ।

Under the Greenwood Tree

Under the greenwood tree
Who loves to lie with me,
And turn his merry note
Unto the sweet bird's throat,
Come hither! come hither, come hither!
Here shall he see
No enemy
But winter and rough weather,

Who doth ambition shun
And loves to live i the sun,
Seeking the food he eats
And pleased with what he gets,
Come hither! come hither! come hither!
Here shall he see
No enemy
But winter and rough weather.

(As You Like It)

हरे-भरे इस पेड़ के नीचे

हरे-भरे इस पेड़ के नीचे
कौन रहेगा मेरे साथ
और पंछियों का बन मीत
मधुर-मधुर गायेगा गीत

आये, आये खुशी से आए
कोई शत्रु नहीं यहाँ पर
न ही रुत कोई विपरीत

आये, आये खुशी से आए
धूप सेंकना जो चाहे,
छोड़ ख्वाहिशें दुनिया की
खुशी से मिल जाये जो, खाये।

आये, आये, खुशी से आए
आए जो भी आए मीत,
जाड़े के मौसम को छोड़
कोई शत्रु नहीं यहाँ पर
न ही कोई रुत विपरीत

All the Worlds a Stage

All the world's a stage,
And all the men and women merely players.
They have their exits and their entrances,
And one man in his time plays many parts,
His acts being seven ages. At first the infant,
Mewling and puking in the nurse's arms.
Then the whining school-boy, with his satchel
And shining morning face, creeping like snail
Unwillingly to school, And then the lover,
Sighing like furnace, with a woeful ballad
Made to his mistress' eyebrow. Then a soldier,
Full of strange oaths, and bearded like the pard,
Jealous in honour, sudden, and quick in quarrel,
Seeking the bubble reputation
Even in the cannon's mouth. And then the justice,
In fair round belly with good capon lin'd,
With eyes severe and beard of formal cut,
Full of wise saws and modern instances;
And so he plays his part. The sixth age shifts

सारी दुनिया एक मंच है

सारी दुनिया एक मंच है, नर-नारी सब अभिनेता
सात अवस्थाएँ जीवन की, सात अंकों के नाटक में
अपना-अपना खेल दिखाकर हर इनसान चला जाता।

दूध गिराता शिशु पहले रिरियाता माँ की बाँहों में,
मन मारे, बस्त लटकाये चींटी की फिर चाल से चलता
पढ़ने जाता सुबह-सवेरे उजले चेहरे वाला बच्चा,

और फिर आशिक आहें भरता आता तपती भट्टी-सा
आँखों पर प्रेयसी की लिक्खी दर्द भरी गज़लें गाता।
फिर आता है एक सिपाही, दढ़ियल, अड़ियल, कसमें खाता

लड़ जाता सम्मान की खातिर बात-बात पर,
पैनी दृष्टि, गोल तोंद लिए सूक्तियों का इक भण्डार
नये-नये उदाहरण देता, न्यायधीश फिर मंच सजाता

Into the lean and slipper'd pantaloon,
With spectacles on nose and pouch on side,
His youthful hose, well sav'd, a world too wide
For his shrunk shank; and his big manly voice,
Turning again toward childish treble pipes
And whistles in his sound. Last scene of all,
That ends this strange eventful history,
Is second childishness and mere oblivion,
Sans teeth, sans eyes, sans taste, sans every thing.

(As You Like It)

छटी अवस्था लेकर आती ढलक-ढलक जाती जुर्राबें
टाँगें सूखी, नाक पे चश्मा, ढीला-ढीला पाजामा
मरदाना आवाज़ के बदले रह जाती जबं शिशु-सी चीखें
आँखें धुँधली, दाँत नदारत, स्वाद गए सब
इक पिंजर जब रह जाता है।
इस अद्‌भुत, इस अहम इतिहास का
आ जाता है अन्तिम दृश्य,
फिर से बचपन लौट आता है

To Be or Not to Be

To be, or not to be: that is the question.
Whether tis nobler in the mind to suffer
The slings and arrows of outrageous fortune,
Or to take arms against a sea of troubles,
And by opposing end them. To die; to sleep;
No more; and by a sleep to say we end
The heart-ache and the thousand natural shocks
That flesh is heir to. Tis a consummation
Devoutly to be wish'd. To die; to sleep;-
To sleep? Perchance to dream! Ay, there's the rub;
For in that sleep of death what dreams may come,
When we have shuffl'd off this mortal coil,
Must give us pause. There's the respect
That makes calamity of so long life:
For who would bear the whips and scorns of time,
The oppressor's wrong, the [proud] man's contumely
The pangs of dispriz'd love, the law's delay,
The insolence of office, and the spurns

जियें कि न जियें

जियें कि न जियें सवाल ये है
मार खाते रहें मुकद्दर की, या
मुसीबतों के ख़िलाफ़ उठा हथियार
पार उतर जायें दुख के सागर से।

मौत क्या है? - एक लम्बी नींद
एक ऐसी नींद जिसमें दर्दे-दिल
और हज़ारो गम जो मुकद्दर हैं हमारा-
उनसे हो जाता है छुटकारा

और क्या होगा इससे अच्छा भला!
मौत यानी नींद, नींद यानी ख्वाब
इसी से बस, इसी से है मुश्किल तमाम
शरीर छोड़ने के बाद, सोचना पड़ता है, जाने
क्या-क्या ख्वाब आये नींद में

इसी लिए ज़िन्दगी की लम्बी मार
पड़ती है सहनी, वरना
कौन चाहेगा खाना कोड़े समय के
जब्र सहना
लताड़े जाना, होना अपमानित अहंकारी व्यक्तियों से,
लिए फिरना टूटा दिल मुहब्बत में, कौन चाहेगा

That patient merit of the unworthy takes,
When he himself might his quietus make
With a bare bodkin? Who would fardels bear,
To grunt and sweat under a weary life,
But that the dread of something after death,
The undiscover'd country from whose bourn
No traveller returns, puzzles the will
And makes us rather bear those ills we have
Than fly to others that we know not of?
Thus conscience does make cowards of us all;
And thus the native hue of resolution
Is sicklied o'er with the pale cast of thought,
And enterprises of great pith and moment
With this regard their currents turn [awry],
And lose the name of action.

(Hamlet)

कचहरियों के खाना धक्के,
किसे मंजूर होगा अफसरों की हिकारत सहना,
चाहेगा कौन करवाना अवहेलना मूर्खों से
अपनी योग्यता की

जब कि छुरी के एक ही वार से
मिल सकती है मुक्ति,
ज़िंदगी के ताप से तपना, पिसना इसके बोझ से
मंजूर होगा किसे!

मगर एक अनजानी दुनिया का डर
कोई लौटा नहीं जहाँ से मुसाफिर
कुहासा करता है पैदा, करता है मजबूर
सहने पर

अज्ञात खतरों के बजाय
जानी-पहचानी मुसीबतों को।
अतः ज़रूरत से ज़्यादा अहसास
बनाता है भीरू हमको

सोच की दल-दल में डूब जाती है
कुदरती संकल्प-शक्ति हमारी
और अहम-से अहम उद्यम भी
खो देता है धार क्रियाशीलता की

जॉन डन
(1572-1631)

जॉन डन शेक्सपियर और फिर बाद में मिल्टन के समकालीन थे, परन्तु दोनों से एकदम भिन्न। अंग्रेज़ी कविता की एक बड़ी ही अलग धारा है, जिसे मेटाफिज़िकल पोइट्री (Metaphysical poetry) की संज्ञा दी गई है। जॉन डन इस धारा के प्रमुख कवि थे। उन्होंने महारानी एलिज़ाबेथ के ज़माने की काव्य परम्परा को उलट कर रख दिया। उनकी कविता का मुख्य स्वर शरारत भरा व्यंग्य, और स्तुतिगान के बजाय, प्रेयसी को शॉक पहुँचाना (Irreverent teasing) है। वे स्थापित धारणाओं-रीतियों का भण्डा फोड़ करते हैं और बड़ी बेरहमी से प्रेम और प्रेमिका की असलियत को उजागर करते हैं। उनकी असलियत को वे इस लिए भी जानते थे क्योंकि खुद उनके कई महिलाओं से सम्बन्ध थे। उनके बारह बच्चे थे, जिनमें से पाँच की मृत्यु हो गई। पत्नी अक्सर बीमार रहती थी और घर एक तरह से अस्पताल बना हुआ था। वे जीवन और जगत के यथार्थ से भली-भांति परिचित थे। वे कानून के विद्यार्थी थे और युद्ध में भाग ले चुके थे। अपने मालिक की बेटी के साथ इश्क करने के कारण उन्हें नौकरी से निकाल दिया गया था। उनके काव्य

का एक बड़ा भाग प्रेम-काव्य है जो काफ़ी ऐंद्रिय है, उनके विचार में आध्यात्मिक प्रेम के बजाय शारीरिक प्रेम स्त्री-पुरुष के सम्बन्धों की वास्तविकता है। प्रेम कविता के अलावा उन्होंने कई धार्मिक कविताएँ भी लिखी हैं। जॉन डन पेशे से एक पादरी थे। उनकी धार्मिक कविता का मूल स्वर भी खुलापन और ईश्वर से सीधी बातचीत ही है। असल में सीधी बातचीत उनकी कविता को वास्तविकता का रंग देती है। वे बहुत तर्कशील तेज़तर्रार कवि हैं। उनकी धार्मिक कविताएँ भी ऐंद्रियता से भरी हुई हैं। बीसवीं सदी में इलियट ने डन और अन्य मेटाफिज़िकल कवियों की पुनर्स्थापना की। डन की मशहूर रचनाओं में 'सन-राइज़िंग', 'एक्स्टेसी' 'गुड फ्राइडे', कैनेनाईज़ेशन' आदि शामिल हैं।

Death be not Proud

Death be not proud, though some have called thee
Mighty and dreadfull, for, thou art not soe,
For, those, whome thou think'st, thou dost overthrow,
Die not, poore death, nor yet canst thou kill me;
From rest and sleepe, which but thy pictures be;
Much pleasure, then from thee, much more murflow,
And soonest our best men with thee doe goe,
Rest of their bones, and soules deliverie.
Thou art slave to Fate, chance, kings, and despeate men,
And dost with poyson, warre, and sickness dwell,
And poppie, or charmes can make us sleepe as well,
And better than thy stroake; why swell' se thou then?
One short sleepe past, wee wake cternally,
And death shall be no more, Death thou shalt die.

ग़रूर मत कर, ऐ मौत

ग़रूर मत कर ऐ मौत, हालांकि बहुत-से लोग
कहते हैं तुझे भयंकर और बलवान,
व्यर्थ का है ये अभिमान

जिन्हें, समझती है, मिटा दिया है जड़-मूल से तूने
मरते नहीं हैं दरअसल वो, न ही मार सकती है अभी तू मुझको
नींद और विश्राम जो कि हैं मात्र छाया तेरी
यदि मिलता है इतना सुकून उनसे
होगी तू तो और भी आरामदेह
हड्डियाँ आराम पातीं, रुह की होती है मुक्ति
सज्जन व्यक्ति इसी लिए मर जाते हैं जल्दी ही
नियति की, संयोग की, हताश लोगों की, बादशाहों की-
इन सब की गुलाम है तू
पोस्त और सम्मोहन भी हैं सुला सकते
तेरी तरह, कहीं बेहतर तुझसे
फिर, किस लिए ग़रूर ये?
एक नींद के बाद जाग जाते हैं हमेशा के लिए हम
और तू मर जाती है, ऐ मौत
और होता भी नहीं तेरा मातम

बेन जॉन्सन
(1573-1637)

बेन जॉन्सन के नाम से लोकप्रिय कवि, नाटककार बेंजामिन जॉन्सन शेक्सपियर के समकालीन थे और अपने समय में कुछ लोग उन्हें शेक्सपियर से बड़ा नाटककार मानते थे। एक बात तो यह कि वे नाटक में समय और स्थान की संमति (यूनिटीज़) की शेक्सपियर से अधिक परवाह करते थे। इस मामले में वे दृढ़ता से क्लासिकी नियमों का पालन करते थे। उनके अधिकांश नाटक सामाजिक पतन पर व्यंग्य और हास्य प्रधान नाटक हैं। त्रासदी लिखने की भी उन्होंने कोशिश की, पर सफल नहीं हुए। अतः कॉमेडी ही उनका क्षेत्र है और इसमें वे अति दक्ष हैं। वे अपने महत्त्व से भली-भाँति परिचित थे।

जॉन्सन ने अपना जीवन एक राज-मिस्त्री के तौर पर शुरू किया, परन्तु जल्दी ही वे सेना में भरती हो गए। अभिनय का उन्हें बचपन से ही शौक था। 1598 में उनके नाटक 'एवरीमैन इन हिज़ ह्यूमर' का मंचन हुआ, जिससे नाटक के क्षेत्र में उनकी पहचान बन गई। वे गर्म मिज़ाज के व्यक्ति थे और एक झगड़े

में उन्होंने अपने एक सहयोगी अभिनेता का वध कर दिया, जिस की वजह से उन्हें जेल की हवा खानी पड़ी। वैसे जेल उन्हें कई बार हुई। 1619 में ऑक्सफोर्ड विश्वविद्यालय ने उन्हें एम.ए. की डिग्री से सम्मानित किया वे राजा से वज़ीफ़ा पाने वाले पहले व्यक्ति थे। अतः वे इंग्लैंड के पहले राष्ट्रकवि (पोयेट लारियेट) माने जाते हैं। 1623 में उनके घर में आग लग गई, जिसमें उनका पुस्तकालय और कई बहुमूल्य पाडुलिपियाँ जलकर राख हो गईं। 1625 में उनके शरणदाता जेम्स प्रथम का देहान्त हो गया और 1628 में वे लकवा ग्रस्त हो गए। 1637 में उनका देहान्त हो गया।

बेन जॉन्सन ने एक भरपूर जीवन जिया और कुछ एक बहुत अच्छे नाटक लिखे। बाद के अंग्रेज़ी नाटक पर अनका प्रभाव भी महत्वपूर्ण है। उनके खूबसूरत और सादा लिरिक्स अंग्रेज़ी के स्पेन्सर आदि द्वारा लिखे गए पारम्परिक लिरिक्स से अलग हैं। ऐलिज़ाबेथ काल में, जबकि आलोचनात्मक साहित्य न के बराबर था, उनकी आलोचनात्मक भूमिकायें महत्वपूर्ण मानी गईं। 'ऐलकेमिस्ट', 'वालपोनी', 'एवरी मैन इन हिज़ ह्यूमर' आदि नाटक उनकी महत्वपूर्ण रचनाओं में शामिल हैं।

To Celia

Drink to me with thine eyes,
And I will pledge with mine;
Or leave a kiss but in the cup
And I'll not look for wine.
The thirst that from the soul doth rise
Doth ask a drink divine;
But might I of Jove's nectar sup,
I would not change for thine.
I sent thee late a rosy wreath,
Not so much honouring thee
As giving it a hope that there
It could not wither'd be;
But thou thereon didst only breathe
And sent'st it back to me;
Since when it grows, and smells, I swear,
Not of itself but thee!

सीलिया के नाम

तू आँखों से मुझको पिला, सीलिया
मैं आँखों की अपनी कसम खाऊँगा,
लबों से छुए या तू प्याले को गर
छुऊँगा नहीं मैं शराब उम्र भर
यही एक प्याला पिए जाऊँगा
    ये प्यास आत्मा की बुझेगी तभी अब
    पियूँगा मैं जन्नत के इस जाम को जब,
    कभी तेरी आँखों के आगे तो हरग़िज़
    न खातिर में अमृत को भी लाऊँगा

था हार इक गुलाबों का भेजा तुझे
तेरा मान तो इससे बढ़ना था क्या
थी उम्मीद पर कि गले में तेरे

    पड़ेगा तो फिर वो न मुरझायेगा,
    मगर अपनी साँसों से तूने उसे
    छुआ सिर्फ और मुझको लौटा दिया
    कसम खाके कहता हूँ, उस दिन से बस

नहीं उसमें अपने रहे रंगों-बू
तेरी ही वो खुशबू से तर हो गया-
तू आँखों से मुझको पिला, सीलिया

जॉन मिल्टन
(1608-1674)

यदि कोई पूछे कि शेक्सपियर के बाद अंग्रेज़ी का सबसे बड़ा कवि कौन है तो लगभग सर्वसम्मति से मिल्टन का नाम लिया जाएगा। वे शुरू से ही बाग़ी तबीयत के आदमी थे। पहले विश्वविद्यालय में पाठ्यक्रम के खिलाफ, फिर चर्च में फैले भ्रष्टाचार और पादरियों की दकियानूसी सोच और असहिष्णुता के खिलाफ और अन्त में चार्ल्स प्रथम के निरकुंश शासन के खिलाफ उनका विद्रोह उनकी इसी तबीयत का परिचायक है। उनकी सर्वश्रेष्ठ कृति 'पैराडाइज़ लॉस्ट', जिसे अंग्रेज़ी में एकमात्र महाकाव्य होने का गौरव प्राप्त है, का आरम्भ भी ईश्वर के खिलाफ़ शैतान के विद्रोह से होता है। वैसे इस महाकाव्य का मूल विषय मनुष्य और उसकी कमज़ोरी और उसके प्रति ईश्वर का न्याय है। मिल्टन एक धार्मिक व्यक्ति, समर्पित और विद्वान कवि थे। समर्पण का यह हाल कि अति-अध्ययनशीलता के कारण छोटी उम्र में ही उनकी आँखें खराब हो गईं और अपनी कर्तव्यपरायणता

के कारण बाद में वे पूरी तरह अँधे हो गए थे। वे लोकतांत्रिक विचारधारा के कट्टर पक्षधर थे। इसलिए वे चार्ल्स प्रथम के विरुद्ध हुए विद्रोह में आलिवर क्रॉमवेल के साथ थे तथा 1641 के खूनी गृहयुद्ध के बाद जब क्रामवेल सत्ता में आए तो मिल्टन उनके लैटिन सैक्रेट्री यानी विदेशमंत्री नियुक्त हुए। क्रामवेल के शासनकाल में राजतन्त्र के खिलाफ़ सैद्धान्तिक लड़ाई छेड़ने का काम भी उन्हीं का था, जिसके लिए उन्हें लगातार पैम्फलेट लिखने पड़ते थे। डाक्टरों की राय के विरूद्ध भी यह काम वे बड़ी लगन से करते रहे और इसकी कीमत उन्होंने अपनी आँखें गवाँ कर चुकायी। वैसे, ऐसी शायद ही कोई मुसीबत हो, जो उन पर न पड़ी हो। 1658 में राजतन्त्र की पुनर्स्थापना के बाद वे पूरी तरह बेयारोमददगार हो गए। उनकी जायजाद ज़ब्त कर ली गई, उनका घर लंदन की महाग्नि में जल कर खाक हो गया और यदि उनका एक साथी कवि एन्ड्रू मार्वल, जो कि एक संसद सदस्य था, उनको न बचाता तो उन्हें फाँसी पर लटका दिया जाता। इन विकट परिस्थितियों में उन्होंने 'पैराडाइज़ लॉस्ट' का लेखन आरम्भ किया और एक ऐसा काम कर दिखाया जो कोई दूसरा नहीं कर सका।

When I consider how my light is spent...

When I consider how my light is spent,
E're half my days, in this dark world and wide,
And that one Talent which is death to hide,
Lodg' with me useless, though my Soul more bent
To serve therewith my Maker, and present
My true account, least he returning chide,
Doth God exact day-labour, light deny'd,
I fondly ask; But patience to prevent
That murmur, soon replies, God doth not need
Either man's work or his own gifts, who best

जब जाती रही ज्योति आँखों की

मैं अक्सर सोचता हूँ कि अभी
जब कि आधी से ज़्यादा ज़िन्दगी पड़ी है मेरी
क्यों जाती रही ज्योति आँखों की,

हो गई आखिर क्यों
इतनी बड़ी दुनिया ये
सियाह मेरे लिए
क्या दूँगा जवाब उसे

पूछेगा जब वह कि क्या हुआ उस प्रतिभा का
ज़ाया करना पाप है जिसे,
हालांकि बहुत उत्सुक हूँ मैं
सेवा करने को अपने मालिक की उससे।

लेकिन मैं पूछता हूँ बड़े लाड़ से
कि ईश्वर मेरी
छीनकर बीनाई भी क्या
चाहता है काम मुझसे पूरा?

समझाता है धीरज मेरा मुझे
ज़रूरत नहीं है उसे
किसी की सेवा या किसी हिसाब-किताब की,

Bear his milde yoak, they serve him best, his State
Is Kingly. Thousands at his bidding speed
And post o're Land and Ocean without rest:
They also serve who only stand and waite.

खुशी उसकी में खुश हैं जो
उन्हीं से खुश है वो,
बादशाहों का बादशाह, वह इशारे पर उस
लांघ जाते हैं धरती और आकाश को

लाखों फ़रिश्ते,
खड़े रहते हैं उसकी आज्ञा में जो
करते हैं उसकी सेवा वो भी तो

ऐलेक्ज़ेंडर पोप
(1688-1744)

अठारहवीं सदी अंग्रेज़ी साहित्य में व्यंग्य (Satire) की सदी है, और एलेग्ज़ेंडर पोप और जॉन ड्राइडन व्यंग्य कविता के सम्राट हैं। इस सदी को तर्क का युग (Age of reason), 'न्यू क्लासिकल एज' और 'ऑगस्तन एज' भी कहा जाता है। इस काल में कल्पना की उड़ान, मौलिकता और कविता में भावनाओं के स्थान पर सटीकता (Good sense, reason and correctness) पर बल है। एक तरह से इस युग के लेखक सुधारक का काम भी करते हैं। यह ज़माना कॉफी हाउसों का ज़माना था, यहाँ लेखक साहित्य-चर्चा के साथ-साथ एक दूसरे की टांग भी खींचते थे।

पोप शारीरिक विकलांगता से ग्रस्त थे। उनका कूबड़ निकला हुआ था। उनकी शिक्षा-दीक्षा अधिकांश घर पर ही हुई। छोटी उम्र में ही कविता कहना शुरू कर दिया था और शुरू से ही उनकी कविताएँ सराही जाने लगीं। शीघ्र ही वे अपने

समय के एक बड़े कवि हो गए। उनका व्यंग्य इतना सख्त और कड़वा होता था कि विरोधी ख़ौफ खाते थे। यह ज़माना वाद-प्रतिवाद का ज़माना था; आपसी रंजिशें भी बहुत थीं। अतः साहित्य में अपेक्षाकृत व्यंग्य और उपहास का बोलबाला था। पोप के व्यंग्य और कटाक्ष प्रायः घातक होते थे। 'डनसियाड' ('Dunciad') और अन्य रचनाओं में उन्होंने अपने विरोधियों पर विष बुझे वाण छोड़े हैं। ड्राइडन के व्यंग्य में जहाँ हास्य का पट अधिक है. पोप का व्यंग्य कठोर है। अतः यह कहना गलत न होगा कि ड्राइडन पोप से बेहतर व्यंग्यकार हैं, हालांकि सूक्तियाँ शायद पोप ने अधिक दी हैं। 'एन एस्से ऑन मैन' जैसी कविताओं में, जहाँ उनके सरोकार व्यक्तिगत न होकर सामाजिक और सार्वजनिक हैं, अधिक प्रासंगिक हैं। वे उच्च मध्यवर्ग के आडम्बर, खोखलेपन और उसकी मूर्खताओं का भरपूर मज़ाक उड़ाते हैं और उन पर वार करते हैं। उनकी मशहूर रचनाएँ हैं—'इपिसिल टु डॉ. अरबुथनॉट', रेप आफ दि लॉक', 'एस्से ऑन क्रिटिसिज़्म' तथा 'एस्से ऑन मैन' आदि।

Man

Know then thyself, presume not God to scan,
The proper study of mankind is man.
A being darkly wise, and rudely great:
With too much knowledge for the sceptic side,
With too much weakness for the stoic's pride,
He hangs between, in doubt to act, or rest;
In doubt his mind or body to prefer;
Born but to die, and reasoning but to err;
Alike in ignorance, his reason such,
Whether he thinks too little or too much:
Chaos of thought and passion, all confused;
Still by himself abused or disabused;
Created half to rise and half to fall;
Great lord of all things, yet a prey to all;
Sole judge of truth, in endless error hurled:
The glory, jest, and riddle of the world

[from AN ESSAY ON MAN]

मनुष्य

ईश्वर की पड़ताल है धृष्टता, अपने आपको जानो
और व्यक्ति को मानवता का प्रतिनिधि मानो
मध्यस्थिति है मनुष्य की नियति
बुद्धिमान भी, महान भी, बेवकूफ़ बदगुमान भी
ज्ञान का भण्डार फिर भी संदेह अपार
इतना कमज़ोर कि दुख आते ही छूट जाती है
धीरज की डोर,
दुविधा में फंसा, कर पाता नहीं फैसला
काम या आराम का,
नहीं कर पाता फैसला तन बड़ा है कि मन उसका,
जानता नहीं भगवान है कि हैवान
हुआ पैदा मरने के लिए
करता है तर्क ग़लतियाँ करने के लिए
चाहे सोचें बहुत ज्यादा या बहुत कम
रहते हैं बहुतकर अनजान ही हम
उत्थान और पतन की कहानी अजीब-सी,
भावना और विचार का गडमड संसार,
सब प्राणियों का ईश्वर फिर भी सबका शिकार,
सत्य का एकमात्र पारखी, करता है ग़लती पर ग़लती
एक मुअम्मा, एक मज़ाक
आदमी है शान संसार की

विलियम ब्लेक
(1757-1827)

वैसे तो हर बड़ा कवि दूसरों से अलग होता है, परन्तु विलियम ब्लेक एकदम अद्वितीय हैं। वे एक अति कल्पनाशील, दिव्यदृष्टा कवि हैं और अपनी ही एक ख़्वाबों की दुनिया में रहते हैं। एक बच्चे की नज़र, बालसुलभ जिज्ञासा और भोलापन उनके विशेष गुण हैं। 'सांग्स आफ़ इनोसेंस' नामक संग्रह में वे बच्चे, मेमने, प्रकृति और क्राइस्ट को लेकर एक ऐसे संसार की रचना करते हैं जिसकी विशेषताएं हैं प्रेम, सहानुभूति, दया, सुरक्षा-भाव और स्निग्धता। सब तरफ़ प्रसन्नता और भोलेपन का वातावरण है। परन्तु इसका यह अर्थ बिल्कुल नहीं है कि वे जीवन-जगत की भयावहता से परिचित नहीं थे। 'सांग्स आफ़ इनोसेंस' के साथ ही वे 'सांग्स आफ़ एक्सपीरियेंस' लिखते हैं। जिसमें अन्याय, शोषण, क्रूरता हृदयहीनता, प्रदूषण, ग़रीबी, आडम्बर, असुरक्षा और गन्दगी का भरपूर प्रभावी वर्णन और चित्रण है। यहाँ प्रस्तुत कविता 'टाइगर' 'सांग्स आफ़ एक्सपीरियेंस' से ही ली

नई है और यह उनकी एक महत्वपूर्ण कविता है। यह कविता पूरी तरह प्रतीकात्मक है। ब्लेक एक बहुत अच्छे लिरिक पोइट हैं। स्वाभाविकता, सहजता और गेयता उनकी कविता की विशेषतायें हैं। वे एक जन्मजात गायक और ऐसे मस्त-मौला कवि हैं जो अक्सर अपनी सुध-बुध भी खो बैठते हैं। कवि होने के साथ-साथ वे एक अच्छे चित्रकार भी थे। उन्होंने अपनी कविताओं की सचित्र प्रस्तुति की है। परिचय के साथ उनका जो चित्र दिया गया है वह उनका खुद का बनाया हुआ (सेल्फ पोर्ट्रेट) है। उनकी कविता और चित्रकला, दोनों की ही खास खूबी है उनकी मौलिकता और ताज़गी। ब्लेक अन्य बड़े रोमांटिक कवियों से थोड़ा पहले हुए, हालांकि उनकी गिनती भी रोमांटिक कवियों में ही होती है। लेकिन यह भी कहना उचित है कि वे किसी वाद-विशेष में नहीं बाँधे जा सकते। वे तो एकदम मुक्तबिहारी हैं। ब्लेक का 'मिस्टिसिज़्म' बहुत प्रभावित करता है। उनकी कविता सतही तौर पर बहुत सादी होकर भी बहुत गहरी है। 'टाइगर' के अलावा 'चिमनी स्वीपर्स', 'नर्सेस सांग' तथा 'सांग्स आफ़ इनोसेंस' व 'एक्सपीरियेंस' की कई अन्य कविताएँ और 'मैरिज आफ हेवेन एण्ड हेल' ब्लेक की उल्लेखनीय रचनाएँ हैं।

The Tyger

Tyger! Tyger! burning bright
In the forests of the night,
What immortal hand or eye
Could frame thy fearful symmetry?

In what distant deeps or skies
Burnt the fire of thine eyes?
On what wings dare he aspire?
What the hand dare seize the fire?

And what shoulder, & what art,
Could twist the sinews of thy heart?
And when thy heart began to beat,
What dread hand? & what dread feet?

What the hammer? what the chain?
In what furnace was thy brain?
What the anvil? what dread grasp
Dare its deadly terrors clasp?

बाघ

रात के जंगल में यूँ जगमग
आग-सी आँखों वाले बाघ,
किन अविनाशी हाथों ने,
किन आँखों ने ऐसा भयावह
तेरा ये संतुलन बनाया,
कहाँ से ऐसी हिम्मत लाया?

दूर कहीं किस आसमान पर
किस सागर में, जलती आग आँखों की तेरी?
किन पंखों पर उड़ा वो होगा
किन हाथों ने पकड़ी होगी
आग ये ऐसी?

क्या कंधे हैं! हुनर है क्या ये
जिसने गढ़ा है दिल को तेरे
जिसने गढ़ा है दिल ये धड़कता
गढ़े भयंकर पाओं ऐसे
बुना भयंकर पंजा ऐसा?

When the stars threw down their spears,
And water'd heaven with their tears,
Did he smile his work to see?
Did he who made the Lamb make thee?

Tyger, Tyger! burning bright
In the forests of the night,
What immortal hand or eye,
Dare frame thy fearful symmetry?

भाले फेंक के जब तारों ने
आसमान को किया था सिंचित
नयनन जल से,
देख कर अपनी इस रचना को
हँसा था क्या वो?

और बनाया जिसने तुझको
मेमना भी क्या उसने बनाया?

रात के जंगल में यूँ जगमग
आग-सी आँखों वाले बाघ,
किन अविनाशी हाथों ने,
किन आँखों ने ऐसा भयावह
तेरा ये संतुलन बनाया,
कहाँ से ऐसी हिम्मत लाया?

विलियम वर्ड्सवर्थ
(1770-1850)

प्रकृति पर अनेक कवियों ने अपनी कलम आज़मायी है, कालिदास की रचनाओं में प्रकृति का अति उत्कृष्ट और सुन्दर चित्रण हुआ है। परन्तु प्रकृति-काव्य में वर्ड्सवर्थ का योगदान भी अद्वितीय है। उनके यहाँ प्रकृति निर्जीव वस्तु न रहकर एक जीवन्त उपस्थिति बन जाती है, उनकी कविता में पेड़-पौधे, पहाड़ और नदियाँ, फूल और तारे किसी भी अन्य मनुष्य की तरह अपने सम्पर्क में आने वाले व्यक्ति के जीवन को प्रभावित करते हैं, उसकी दिशा-दशा बदल देते हैं। वर्ड्सवर्थ का मानना है कि प्रकृति के निकट रहने से मनुष्य निखरता-संवरता है, उसमें सौन्दर्य, सहानुभूति, प्रेम, सहनशीलता और कर्तव्यपरायणता जैसे गुणों का संचार होता है। प्रकृति हमारे ज़ख्मों पर मरहम लगाने का काम करती है, चाहे वे ज़ख्म मानसिक हो या शारीरिक। प्रकृति हमें अवसाद से बचाती है, हमारे अन्दर स्फूती पैदा करती है और यदि हम मानव मूल्यों से भटक जाते हैं तो हमें सीधी राह पर लाती है, प्रकृति वर्ड्सवर्थ की नज़र में हमारी 'गाइड', 'फिलॉसफर' और 'फ्रैंड' है। वह हमारी नैतिक

अध्यापिका भी है, हमें सच्चे मित्र की तरह सांत्वना भी देती है और हमारा मार्गदर्शन भी करती है। वे प्रकृति में उस ईश्वरीय तत्व को देखते हैं जो हम सब को संचारित करता है। यह प्रकृति हमें शान्ति, शक्ति और आनन्द ही नही देती, इसके सम्पर्क में व्यक्ति ध्यानस्थ होकर संसार की गुत्थियों को सुलझाने की क्षमता पा जाता है, समाधि की स्थिति पैदा हो जाती है, जिससे ज्ञान चक्षु खुलने पर मनुष्य रहस्य-जगत को समझने में सक्षम हो जाता है। प्रकृति को इस रूप में किसी और कवि ने नहीं देखा। वर्ड्सवर्थ की एक और उपलब्धि यह है कि वे अपना व्यक्तिगत अनुभव पाठक तक बड़ी सादगी से पहुँचा देते हैं और हमें लगता है जैसे हम स्वयं इस अनुभव से गुज़र रहे हैं।

वर्ड्सवर्थ लेक डिस्ट्रिक में पैदा हुए, पढ़ाई अधूरी रही और जवानी में फ्रांसीसी क्रान्ति के बड़े प्रबल समर्थक थे। बाद में इंग्लैंड और फ्रांस में युद्ध हो जाने पर और फ्रांस में आतंक का राज्य स्थापित हो जाने पर वे उसके विरोधी हो गए। जीवन में दुःख काफ़ी देखा, और निराशा की स्थिति में भी रहे। परन्तु बाद में वे राष्ट्रकवि (पोइट लॉरियेट) हो गए और उन्हें बहुत ख्याति प्राप्त हुई।

Ode

INTIMATIONS OF IMMORTALITY FROM RECOLLECTIONS OF EARLY CHILDHOOD

"The child is father of the Man;
And I could wish my days to be
Bound each to each by natural piety."

There was a time when meadow, grove, and stream,
The earth, and every common sight,
To me did seem
Apparelled in celestial light,
The glory and the freshness of a dream.
It is not now as it hath been of yore;-
Turn wheresoe'er I may,
By night or day,
The things which I have seen I now can see no more

The Rainbow comes and goes,
And lovely is the Rose
The Moon doth with delight

बचपन की स्मृतियों से अमरत्व का आभास

ये चरागाहें, ये झुरमुट, ये नज़ारे ख़ासो-आम
यह ज़मीं लहरें नदी की, ये गुलों की बस्तियाँ
थी कभी इन में नज़र आती खुदा की रोशनी
ताज़गी उस ख्वाब की, नूर उसका, ताव ही
अब नहीं बाकी रही वो जो कि थी
अब तो जब भी जिस जगह जाता हूँ मैं
हर शै में किसी शै की कमी पाता हूँ मैं

है धनक क्या खूबसूरत
खूबसूरत है गुलाब
चाँदनी क्या चहचहाती
आसमां जब होता साफ़
नदियाँ-नाले खिल हैं उठते
तारों की परछाइयों में
क्या हसीं होता है मंज़र
जब उभरता आफ़ताब
लेकिन फिर भी जिस जगह जाता हूँ मैं
हर शै में किसी शै की कमी पाता हूँ मैं

Look round her when the heavens are bare

Waters on a starry night
Are beautiful and fair;
The sunshine is a glorious birth;
But yet I know, where'er I go,
That there hath past away a glory from the earth.

Now, while the birds thus sing a joyous song,
And while the young lambs bound
As to the tabor's sound,

To me alone there come a thought of grief:
A timely utterance gave that thought relief.

And I again am strong:
The cataracts blow their turmpets from the steep;
No more shall grief of mine the season wrong;
I hear the Echoes through the mountains throng,
The Winds come to me from the fields of sleep,

And all the earth is gay;
Land and sea

Give themselves up to jollity,
And with the heart of May
Doth every beast keep holiday,
Thou Child of Joy,

गा रहे चारों तरफ जब गीत खुशियों के परिंदे
नाचते हैं ताल पर जब ढ़ोल की ये मेमने
बस मुझी को इक ख़याले ग़म ने घेरा
पर समय पर याद आई बात कोई
औ' हुआ मैं हल्का-फुल्का
औ' हुआ मैं स्वस्थ फिर से
बह रहे चट्टानों से जब नाचते-गाते हैं झरने
मेरा ग़म ऐसे में या रब, क्यों करे शर्मिंदा रुत को
मुझसे टकराती सदायें परबतों से गूँजतीं जो
आ रही मुझ तक हवाएँ नींद के मैदानों से,
झूमती खुशियों से धरती
और सागर की तरंगें, नाचती प्रसन्न होकर,
छुट्टी का माहौल हर सू
है बहारों का समां
दो सदा इक दूसरे को, ऐ गडरियो,
तुम भी खुलके नाचो गाओ

सुनके आवाज़ें तुम्हारी
आसमाँ भी खिलखिलाता
इस जश्न में
साथ हूँ मैं भी तुम्हारे
दिल की तह से,
मैंने भी अपने गले में
पहनी है खुशियों की माला,
फूल खिलते वादियों में, धूप खिलती,
सज रही दुल्हन सी धरती
माँ की बाँहों में उछलते
चहचहाते नन्हें बच्चे

Shout round me, let me hear thy shouts? thou happy
Shepherd-Boy!
Ye blessed Creatures, I have heard the call
Ye to each other make;.I see
The heavens laugh with you in your jubilee;
My heart is at your festivel,
My head hath its coronal

The fulness of your bliss, I feel-I feel it all.
Oh evil day! if I were sullen
While Earth herself is adorning,
This sweet May-morning,
And the children are culling
On every side,
In a thousand valleys far and wide,
Fresh flowers, while the sun shines warm,

And the Babe leaps up on his mother's arm:
I hear, I hear, with joy I hear!
—But there's a Tree, of many, one,

A single Field which I have looked upon,
Both of them speak of something that is gone:

The Pansy at my feet
Doth the same tale repeat:

Wither is fled the visionary gleam?

यह बहारों का समां औ,
उत्सव का माहौल हो जब
हो बुरा इस दिन का, गर मैं
हो रहूँ ग़मग़ीन ऐसे
नग़मे ख़ुशी के
सुनता हूँ मैं, करता हूँ महसूस सब ये
पर करूँ क्या
पेड़ इक ये सैकड़ों में
एक है ये खेत जिसको
बारहा देखा है मैंने
दोनों ही ये कह रहे हैं
खो गया कुछ हाय इनमें,
और ऐसी ही कहानी
सुनता हूँ गुल की जुबानी
क्या हुआ उस ख्वाब का, हर शै में आबोताब क
हाय, कहाँ वो खो गया
वो नज़ारा ख्वाब का

Where is it now, the glory and the dream?

Our birth is but a sleep and a forgetting:
The Soul that rises with us, our life's Star,

Hath had elsewhere its setting,
And cometh from afar:
Not in entire forgetfulness,
And not in utter nakedness,

But trailing clouds of glory do we come
From God, who is our home:

Heaven lies about us in our infancy!
Shades of the prison-house begin to close
Upon the growing Boy,

But he beholds the light, and whence it flows,
He sees it in his joy;

The youth, who daily farther from the east
Must travel, still is Nature's priest,
And by the vision splendid
Is on his way attended;

At length the Man perceives it die away,
And fade into the light of common day.

जन्म क्या है?
नींद है या है भुलावा
रुह हमारी, ये सितारा ज़िंदगी का
दूर की है ये तो वासी
साथ आती है हमारे,
यूँ नहीं कि भूलकर सब
यूँ नहीं कि छोड़ सब कुछ,
आबो-ताब आती है लेकर
ईश्वर के घर से कुछ तो,
जो असल में घर हमारा
स्वर्ग की आभा में रहते
हम हैं अपने नन्हेपन में
घिरने लगते जेल की सल्लाखों से पर
होते हैं ज्यों-ज्यों बड़े हम,
देखते हैं लेकिन फिर भी रोशनी वो
जो खुशी देती है हमको
वयस्क होने पर भी व्यक्ति
प्रकृति का रहता पुजारी
और उसके साथ रहती
रोशनी ये दिव्य तब भी
इस सफ़र में लेकिन आखिर
चौंध में घिर ज़िंदगी की
आभा है ये डूब जाती

इस तरह कुछ-कुछ कि जैसे
माँ हो उसकी,
सौ कोशिश करती है धरती
पैदा उसके वास्ते
इस लिए कि आदमी जन्नत को अपनी,
भूल जाये अपने घर को
छोड़कर आया है जिसको

Earth fills her lap with pleasures of her own;
Yearnings she hath in her own natural kind
And, even with something of a mother's mind,

And no unworthy aim,
The homely nurse doth all she can

To make her Foster-child, her inmate Man,
Forget the glories he hath known,
And that imperial palace whence he came.

Behold the Child among his new-born blisses,
A six years' darling of pigmy size!
See, where 'mid work of his own hand he lies,
Fretted by sallies of his mother's kisses,
With light upon him from his father's eyes!
See, at his feet, some little plan or chart,
Some fragment from his dream of human life,
Shaped by himself with newly-learned art;

A wedding or a festival,
A mourning or a funeral;
And this hath now his heart,
And unto this he frames his song:

मस्ती में खोये हुए इक
छह बरस के बच्चे को
देखो कभी :
बाप की आँखें चमकती
चूमती रह रह के जिसको
माँ है उसकी
उसके हाथों
ज़िंदगी का नक्शा कोई ताज़ा इक सीखी कला से
बनता बिगड़ता देखिए,
शादी हो कि हो वो मातम
या कोई त्यौहार-मेला
देख वो जो कुछ भी लेता
नक्ल करता, गीत गाता
है उसी के
भूलकर सब कुछ मगर फिर
जल्दी ही कोई नयी वो
बच्चे बूढ़े या जवाँ की
या मुहब्बत या तिजारत
या किसी झगड़े कलह की
नकल करता
इस विनोदी मंच पर दुनिया की यानी-
हर किसी का
नन्हा एक्टर करता अभिनय
नक्ल ही जैसे कि उसका
ज़िंदगी भर का हो पेशा

बाहरी सूरत छुपाती
रूह की अज़मत को तेरी
तू पैगम्बर, तू ऋषि है
है महान इक दार्शनिक तू

Then will he fit his tongue

To dialogues of business, love, or strife;

But it will not be long
Ere this be thrown aside,
And with new joy and pride

The little Actor cons another part;
Filling from time to time his "humorous stage"
With all the Persons, down to palsied Age,
That Life brings with her in her equipage;
As if his whole vocation
Were endless imitation.

Thou, whose exterior semblance doth belie
Thy soul's immensity;

Thou best philospher, who yet dost keep
Thy heritage, thou eye among the blind,
That, deaf and silent, read'st the Eternal Deep,
Haunted forever by the Eternal Mind,

Mighty prophet! seer blest!
On whom those truths do rest,

Which we are toiling all our lives to find,
In darkness lost, the darkness of the grave;
Thou, over whom thy Immortality

है विरासत याद जिसको,
सृष्टि के भेदों को पढ़ने की
है अभी तक जिसमें क्षमता,
हम अँधेरे में ही खोए
कब्र के अन्धे कुएँ तक
हैं सचाई ढूँढ़ते जो
है तुझे सब ज्ञान उसका,
रूह अमर है—इसका भी तू
पूरा पण्डित, पूरा ज्ञाता
छोड़ कर आनन्द को, आज़ादी को क्यों
ऐ बली तू,
ज़िंदगी के इस जूए को
पहनने को इतना आतुर
किस लिए तू रहता उत्सुक?

हैं खुशी की बात, कि बुढ़ापे में भी
लुप्त होती रोशनी की
आदमी को याद रहती
भरती है आह्लाद दिल में
करती है कृतज्ञ मुझको
वो खुली छुट्टी, वो खुशियाँ,
फड़फड़ाती नित नई वो
दिल में आशा—
केवल इनके वास्ते न
याद मैं बचपन को करता
केवल इनके वास्ते न
शुक्रिया के गीत गाता,
पर हठीले उन सवालों के लिए मैं
ऐन्द्रिक अनुभूति एवम् बाहर की दुनिया को लेकर
प्रश्नचिह्न है जो लगाते,

Broods like the Day, a master o'er a slave,
A Presence which is not to be put by;
Thou little Child, yet glorious in the might
Of heaven-born freedom on thy being's height,
Why with such earnest pains dost thou provoke
The years to bring the inevitable yoke,
Thus blindly with thy blessedness at strife?
Full soon thy Soul shall have her earthly freight,
And custom lie upon thee with a weight,
Heavy as frost, and deep almost as life!

O joy! that in our embers
Is something that doth live,
That nature yet remembers
what was so fugitive!
The thought of our past years in me doth breed
Perpetual benediction: not indeed
For that which is most worthy to be blest;
Delight and liberty, the simple creed
Of childhood, whether busy or at rest,
With new-fledged hope still fluttering in his breast:
Not for these I raise
The song of thanks and praise;
But for those obstinate questionings
Of sense and outward things,
Fallings from us, vanishings;
Blank misgivings of Creature'
Moving about in worlds not realized,
High instincts before which our mortal nature

एक खोजी जीव के व
शक-शुबों के वास्ते
याद मैं बचपन के करता,
याद करता उस कुदरती सहज-बुद्धि के लिए
काँपती है जिसके आगे
बुद्धिमानी आदमी की,
याद करता उन दिनों की
धुँधले-धँधले उन ख़यालों,
पहले-पहले उन लगावों के लिए
रोशनी जो हमको देते, आज भी
बल हैं देते
शोरो-गुल के इस जगत में
बिन्दु है जो शान्ति का,
सत्य हैं वो जो कभी न झूठे पड़ते
बढ़ती आयु आदमी की
या हताशा, मारा-मारी इस जगत की
पूरी तरह हरगिज़ कभी भी
ख़त्म इनको कर न पाती
इस लिये तो शान्त-मन जब होते हैं हम
दूर के हैं चाहे टापू
उस महासागर को हम हैं
जो हमें लाया यहाँ तक
एक पल में देख लेते,
देख सकते हैं समुन्दर
के किनारे खेलते हम
बच्चों को और सुन हैं सकते
मारते सागर को ठाठें

इस लिए गाओ खुशी से, ऐ परिन्दो,
ताल पर तबले की नाचो

Did tremble like a guilty thing surprised:
    But for those first affections,
    Those shadowy recollection
    Which, be they what they may
Are yet the fountain-light of all our day,
Are yet a master-light of all our seeing;
    Uphold us, cherish, and have power to make
Our noisy years seem moments in the being
Of the Eternal Silence: truths that wake,
    To perish never:
Which neither listlessness, nor mad endeavor,
    Nor man nor boy,
Nor all that is at enmity with joy,
Can utterly abolish or destroy!
    Hence in a season of calm weather
    Though inland far we be,
Our souls have sight of that immortal sea
    Which brought us hither,
    Can in moment travel thither,
And see the Children sport upon the shore,
And hear the mighty waters rolling evermore.

Then sing, ye Birds, sing, a joyous song!
    And let the young lambs bound
    As to the tabor's sound!
We in thought will join your throng,
    Ye that pipe and ye that play,
    Ye that through your hearts today
    Feel the gladness of the May!
What though the radiance which was once so bright

मेमनो तुम,
इस बहारों के समय में
झूमते गाते गड़रियो,
हम तसव्वुर में तुम्हारी
इस खुशी में होंगे शामिल
क्या हुआ गर रोशनी वो
जो बुलन्दी पर कभी भी
अब नहीं फिर लौट सकती,
फूल-पत्तों में भी वैसा
नूर अब बाकी नहीं है
ग़मज़दा होंगे न हम, पर
जो बचा है बस उसी से
शक्ति लेंगे—
वो लगावट पहली-पहली
जो रही है औ' रहेगी
सान्त्वना के उन ख़यालों
से जो मानव के दुःखों से
हैं उपजते,
दार्शनिक की दृष्टि से या
जो समय के साथ आती,
या फिर उस विश्वास से जो
मौत को है जीत लेता—
अब इन्हीं से शक्ति लेंगे

Be now forever taken from my sight,
Though nothing can bring back the hour
Of splendor in the grass, of glory in the flower;
We will grieve not, rather find
Strength in what remains behind;
In the primal sympathy
Which having been must ever be;
In the soothing thoughts that spring
Out of human suffering;
In the faith that looks through death,
In years that bring the philosophic mind.

And O, ye Fountains, Meadows, Hills, and Groves,
Forebode not any severing of our loves!
Yet in my heart of hearts I feel your might;
I only have relinquished one delight
To live beneath your more habitual sway.
I live the Brooks which down their channels fret,
Even more than when I tripped lightly as they;
The innocent brightness of a new-born Day
Is lovely yet;
The clouds that gather round the setting sun
Do take a sober coloring from an eye
That hath kept watch o'er man's mortality;
Another race hath been, and other palms are won.
Thanks to the human heart by which we live,
To me the meanest flower that blows can give
Thoughts that do often lie too deep for tears.

ऐ चरागाहो, फवारो, पर्वतो, ऐ वादियो,
मत कहो कि खत्म अपनी
अब मुहब्बत हो गई है
है कशिश दिल में तुम्हारी
वैसे ही अब तक भी बाकी
सिर्फ इक दीवानापन वो
मिलता था तुमसे मुझे जो
आज वो बाकी नहीं है
पहले से भी ज्यादा दिलकश
हैं नदी-नाले ये सारे
है सुबह का उगता सूरज
खूबसूरत आज भी,
डूबते सूरज पे घिरते
बादलों में
देखती है आँख मेरी
त्रासदी को इस जहाँ की
ज़िन्दगी इन्साँ की फ़ानी,
आँख वो कि जिसने देखी
है उभरती और मरती
कौमें और बादशाहियाँ
शुक्रिया इन्सां के दिल का
जिस से हम हैं आज ज़िन्दा,
इस में है जो दर्द उसका,
शुक्रिया उस भय का, सुख का
अदने से भी एक अदना
खिलता है जो फूल, मुझसे
कहता है ऐसी कहानी
जो सुनाई जा न सकती
आँसुओं की भी जुबानी।

I Wandered Lonely as a Cloud

I wandered lonely as a cloud
That floats on high o'er vales and hills,
When all at once I saw a crowd,
A host, of golden daffodils;
Beside the lake, beneath the trees,
Fluttering and dancing in the breeze.

Continuous as the stars that shine
And twinkle on the milky way,
They stretched in never-ending line
Along the margin of a bay:
Ten thousand saw I at glance,
Tossing their heads in sprightly dance.

The waves beside them danced; but they
Out-did the sparkling waves in glee:
A poet could not but be gay,
In such a jocund company:
I gazed-and gazed-but little thought
What wealth the show to me had brought:

For oft, when on my couch I lie
In vacant or in pensive mood,

भटक रहा था मैं बादल-सा

भटक रहा था मैं बादल सा
घाटी-घाटी परबत-परबत
तभी अचानक पास झील के, पेड़ों के नीचे
मैंने देखा डैफोडिल का एक समन्दर
मस्त हवा में झूम रहा था
जब मैं अकेला घूम रहा था

आसमान पर तारे जगमग अनगिन जैसे
आस-पास खाड़ी के फैले
एक झलक में देखे मैंने कई हज़ार,
मार-मार सर झूम रहे थे,

नाच रही थीं पास ही उनके गो लहरें भी
डैफोडिल की खुशियाँ लेकिन
देखे ही बनती थीं
खुश होना था किसी कवि का
इस महफिल में अति स्वाभाविक,
हुआ मग्न मैं देख रहा था, पर मुझको मालूम नहीं था
क्या खज़ाना इनमें छिपा था

अक्सर जब बैठा होता हूँ घर में मैं आराम से अपने
सोच-मग्न या खाली-खाली

They flash upon that inward eye
Which is the bliss of solitude;
And then my heart with pleasure fills,
And dances with the daffodils.

आ जाती है आँख के आगे
डैफोडिल की छटा निराली,
ऐसी रौनक, ऐसा उछाल
एकान्त में होता है ये कमाल
इन फूलों के साथ ही तब आनन्द विभोर
नाच उठता है मन का मोर।

My Heart Leaps Up

My heart leaps up when I behold a rainbow in the sky
So was it when my life began
So is it now I am a man
So be it when I shall grow old
Or let me die!

The child is father of the man
And I could wish my days to be
Bound each to each by natural piety.

कुलाचें भरने लगता है दिल

कुलाचें भरने लगता है दिल
देखता हूँ जब इन्द्रधनुष मैं आकाश में,
बचपन में भी आलम था यही
और बना हुआ है आज भी
रहे काश बुढ़ापे में भी मरते समय तक यूँ ही

होनहार बिरवान के होत चीकने पात
अथवा बच्चा है आदमी का तात
सो ऐ काश, बनी रहे सदा ही
पावन प्रकृति से प्रीत मेरी

She Dwelt Among the Untrodden Ways

She dwelt among the untrodden ways
Beside the springs of Dove,
A maid whom there were none to praise
And very few to love:

A violet by a mossy stone
Half hidden from the eye!
Fair as a star, when only one
Is shining in the sky.

She lived unknown, and few could know
When Lucy ceased to be;
But she is in her grave, and oh,
The difference to me!

लूसी ग्रे

वीरानियों में रहती थी वह
डोव के झरनों के पास
न ही कोई सराहने वाला था उसे
न ही थी किसी से प्यार की आस

काई-जमे पत्थर के पास हो फूल जैसे
अधछिपा आँख से,
या चमकता आकाश में अकेला है जो
भली लगती थी वो
उस तारे की तरह

कोई नहीं जानता था उसे, शायद ही किसी को हो पता
हो गया कब अन्त उसका
सो गई, हाय मगर अपनी कब्र में लूसी
और बदल गई है मेरी दुनिया ही

एस. टी. कोलरिज
(1772-1834)

सैमुअल टेलर कोलरिज का स्थान अंग्रेज़ी रोमांटिक काव्य में अनूठा है। वे वर्ड्सवर्थ के समकालीन व सहयोगी परन्तु उनसे भिन्न थे। वर्ड्सवर्थ यदि प्रकृति (नेचर) के सबसे बड़े कवि हैं तो कोलरिज सुपरनेचुरल के। इनकी खूबी यह है कि ये असामान्य व सुपरनेचुरल घटनाओं को अपनी कविता में इस तरह पेश करते हैं कि वे नेचुरल यानी स्वाभाविक और विश्वसनीय लगने लगती हैं। न केवल पाठक की रुचि बनी रहती है अपितु घटनाक्रम को इस तरह पेश किया जाता है कि स्थिति-विशेष में, उस सन्दर्भ में सब कुछ स्वाभाविक लगता है। वे अपनी कविता में स्वप्न का सा संसार खड़ा करते हैं, जिसमें अविश्वास के लिए कोई स्थान नहीं होता। साथ ही स्थिति-विशेष में पात्रों के कार्यकलाप और उनके भाव मनोवैज्ञानिक रूप से विश्वसनीय होते हैं। उदाहरण के लिए उनकी मशहूर कविता 'राइम आफ दा एन्शेंट मैरिनर' में मैरिनर (नाविक) एलबैट्रस नामक पक्षी का अकारण वध कर देता है। इसके बाद मानसिक ग्लानि और अपराध-बोध से ग्रसित होने पर उस पर

जो होनी-अनहोनी घटनाएँ गुज़रती हैं उसकी मानसिक स्थिति में अस्वाभाविक नहीं लगती। उनके बारे में कहा गया है कि वे सुपरनेचुरल कविताओं में एक ऐसा वातावरण पैदा करते हैं कि पाठक अपने अविश्वास को निलम्बित कर देता है। वे कविता में willing suspension of disbelief पैदा कर देते हैं।

कोलरिज का जीवन काफ़ी दुःखद था। जिससे प्रेम हुआ उससे शादी नहीं हो सकी, पत्नी अति उद्दण्ड निकली और फिर उन्हें अफ़ीम खाने की लत लग गई, जिससे उनका स्वास्थ्य खराब हो गया। उनकी समस्या यह थी--यह समस्या वैसे कई लोगों की है--कि वे जब चिन्ता-मुक्त व प्रसन्नचित्त होते केवल तभी कविता कर सकते थे, और यदि कवि चाह कर भी कविता न लिख पाए तो उसकी स्थिति दयनीय हो जाती है। अतः उनकी कविताओं की संख्या बहुत ज़्यादा नहीं है। लेकिन जो कुछ-एक कविताएँ उन्होंने पूरी-अधूरी लिखीं वे बेजोड़ हैं और कोलरिज को एक बड़ा कवि बनाने के लिए काफी हैं। उनकी महान् रचनाओं में 'राइम आफ़ द एन्शेंट मैरिनर' के अलावा 'कुबला खाँ' 'ओड टु डिजेक्शन' 'लव' और 'क्रिस्टाबल' शामिल हैं।

Kubla Khan

In Xanadu did Kubla Khan
A stately pleasure-dome decree:
Where Alph, the sacred river, ran
Through caverns measureless to man
Down to a sunless sea.
So twice five miles of fertile ground
With walls and towers were girdled round:
And there gardens bright with sinuous rills,
Where blossomed many an incense-bearing tree;
And here were forests ancient as the hills,
Enfolding sunny spots of greenery.

But oh! that deep romantic chasm which slanted
Down the green hill athwart a cedarn cover!
A savage place! as holy and enchanted
As e'er beneath a waning moon was haunted
By woman wailing for her demon-lover!
And from this chasm, with ceaseless turmoil seething,
As if this earth in fast thick pants were breathing,
A mighty fountain momentarily was forced:
Amid whose swift half-intermitted burst
Huge fragments vaulted like rebounding hail,
Or chaffy grain beneath the thresher's flail:

कुबला खाँ

गहन गुफ़ाओं में से होकर सागर की गहराई तक
जहाँ पवित्र एल्फ है बहता
ज़ेनेडू में कुबला खाँ ने ऐश महल बनवाया एक
दीवारों-मीनारों से गई
घेरी उर्वर भूमि विशाल
कल-कल झरने बहते थे जहाँ बाग़ों की थी छटा कमाल
जहाँ सुगन्धित पेड़ हज़ारों, जहाँ थे जंगल बड़े कदीम
हरी घास पर कहीं कहीं जहाँ धूप करती अठखेली भी
ऐसी जगह थी अलबेली

वाह-वाह लेकिन खाई वो गहरी
भेद भरी, रोमानी अद्भुत
पर्वत से ढलती थी वो जो पेड़ों के झुरमुट के पार!
अति पावन जादुई स्थल वो वन प्रान्तर का
ढलते चाँद तले इक महिला
विरह वियोग में इक दानव के
जहाँ रुदन करती फिरती थी
हाँफ रही हो धरती जैसे
ऐसे ही इस खाई में से
लगातार जो खौल रही थी
शोर मचाता और मचलता
फूटा एक अचानक झरना

And 'mid these dancing rocks at once and ever
It flung up momently the sacred river.
Five miles meandering with a mazy motion
Through wood and dale the sacred river ran,
Then reached the caverns measureless to man,
And sank in tumult to a lifeless ocean:
And'mid this tumult Kubla heard from far
Ancestral voices prophesying war!
The shadow of the dome of pleasure
Floated midway on the waves;
Where was heard the mingled measure
Form the fountain and the caves.

It was a miracle of rare device,
A sunny pleasure-dome with caves of ice!

A damsel with a dulcimer
In a vision once I saw:
It was an Abyssinian maid,
And on her dulcimer she played,
Singing of Mount Abora,
Could I revive within me
Her symphony and song,
To such a deep delight twould win me,

जिसके उछलते पानी में से रह-रह उठते गिरते थे
गिरते-उछलते ओलों जैसे,
भुस की तरह उछलते या थे
बड़े-बड़े चट्टानी टुकड़े,
और उछलता साथ ही उनके
फूट के निकला पावन दरिया
पाँच मील तक बल खाता जो
जंगल-घाटी में इठलाता
गहन गुफ़ाओं में से होकर
गहरे सागर में गिर जाता

ऐश महल की परछाई थी
नदी की लहरों पर लहराती,
झरने और गुफ़ा से उसमें
मिला-जुला संगीत था सुनता
जगमग धूप थी और गुफाएँ बर्फीली भी
एक साथ थी जिसमें, ऐसा
ऐश महल था एक अजूबा

एक बार सपने में मैंने
देखी थी कभी एक हसीना
देश था जिसका ऐबेसीनिया
बीन बजाती लहराती थी
गाती माऊँट अबोरा का थी
कोई तराना,
सुरसंगम वो गीत सुहाना
एक बार यदि फिर सुन पाऊँ
अपने अंदर
एक बार यदि कर लूं पैदा

That with music loud and long,
I would build that dome in air,
That sunny dome! those caves of ice!
And all who heard should see them there,
And all should cry, Beware! Beware!
His flashing eyes, his floating hair!
weave a circle round him thrice,
And close your eyes with holy dread
For he on honey-dew hath fed,
And drunk the milk of Paradise.

आह्लाद हो मुझको ऐसा
कि बल पर उस मधुर गान के
बीच हवाओं में मैं बना दूँ
ऐश महल वो एक अजूबा
एक बार तब सुने जो मुझको
दाँतों तले दबाये उंगली,
बाल हवा में उड़ते, देखो, आँख चमक
दैवी भय से डरो तुम इससे
बन्द करो सब भय से आँखें
तीन दायरों में इसे बांधो
इस से बचो, कहे वो सब से,
क्योंकि इसने
जन्नत की मदिरा पी ली है
गीत नहीं ये जादूगरी है

पी. बी. शैली
(1792-1822)

पर्सी बेसी शैली एक अति संवेदनशील विद्रोही स्वभाव के रोमानी कवि थे। उनके विचार में मनुष्य द्वारा निर्मित संस्थायें आम आदमी को कोई लाभ पहुँचाने के बजाय उसका दमन ही करती हैं। जिसके चलते उसकी सृजनात्मक सम्भावनायें अपनी परिणति तक नहीं पहुँच पातीं। उनका सारा जीवन इन्हीं दमनकारी संस्थाओं के विरुद्ध संघर्ष का जीवन है। विद्यार्थी काल में उन्होंने एक पैम्फ्लेट लिखा 'नेसेसिटी आफ़ वीइंग एन एथीस्ट', अर्थात् नास्तिक होना क्यों ज़रूरी है, जिसके कारण उन्हें यूनिवर्सिटी से निकाल दिया गया। पिता की मर्ज़ी के खिलाफ़ शादी करने के कारण उनके पिता ने जो एक धनी व्यक्ति और संसद-सदस्य थे, उन्हें अपनी सारी ज़ायदाद से बेदखल कर दिया। वे अपनी नयी-नवेली बीवी, हेरियट को लेकर शहर-शहर घूमते फिरे। वैसे वे शादी की संस्था के खिलाफ़ थे। परन्तु शादी उन्होंने की, एक नहीं दो-दो शादियाँ। हेरियट के साथ मतभेद हो जाने के कारण

उन्होंने अपने गुरु गोडविन की पुत्री मेरी से विवाह कर लिया और उसके साथ काफ़ी समय इटली में रहे, जहाँ समुद्र में डूब जाने से उनका देहान्त हो गया। वे उस समय केवल तीस साल के थे। शैली आशावाद के कवि हैं। 'ओड टु वेस्ट विंड' जैसी कविताओं में वे चाहते थे कि इस गली-सड़ी व्यवस्था की जगह एक नयी दुनिया का सृजन हो। वे चाहते थे कि हवा उनमें एक ऐसा आवेग पैदा करे जिससे वे अन्याय और बन्धनों पर आधारित समाज को बदल सकें। शैली का स्थान साहित्य में एक उत्कृष्ट लिरिक कवि के रूप में है। उनकी मशहूर रचनाओं में 'टु ए स्काइलार्क', ओजिमैंडियस', 'टु नाइट' और 'ओड टु वेस्ट विंड' के अलावा 'प्रॉमिथियस अनबाउंड' नामक काव्य नाटक शामिल हैं। उनकी कविता में एक टीस, एक उत्साह और एक आवेग है, जो केवल उन्हीं का हिस्सा है। उनके एक लिरिक को ब्रिटिश लेबर पार्टी का एन्थम (पार्टी गीत) होने का श्रेय प्राप्त है।

Ozymandias

I met a traveller from an antique land
Who said: Two vast and trunkless legs of stone
Stand in the desert. Near them, on the sand,
Half sunk, a shattered visage lies, whose frown,
And wrinkled lip, and sneer of cold command,
Tell that its sculptor well those passions read
Which yet survive, stamped on those lifeless things,
The hand that mocked them and the heart that fed:
And on the pedestal these words appear:
"My name is Ozymandias, King of kings:
Look on my works, ye Mighty; and despair!
Nothing beside remains. Round the decay
Of that colossal wreck, boundless and bare
The lone and level sands stretch far away.

ओज़िमेंडियस

एक पुरानी दुनिया से
आकर किसी मुसाफ़िर ने
कही कहानी ये मुझसे :
धड़ से कटकर पड़ी हुई हैं
मरुभूमि में
लम्बी-लम्बी दो टाँगें,
पड़ा हुआ है पास ही उनके
धंसा हुआ धरती में आधा
एक अदद रौबीला चेहरा,
त्योरी जिसकी चढ़ी हुई हैं
और ओंठ हैं झुर्रीदार–
वास्तुकार ने खूब है पकड़ा
उसके दिल के भावों को

वहीं पीठिका पर लिक्खा था
नाम है मेरा ओज़िमेंडियस, राजाओं का मैं राजा
हालत मेरी देखो लोगो, ताकत वालो,
और हो जाओ रंजीदा–
महाविनाश के इस ताण्डव में
और नहीं कुछ भी तो बचा है
इन सूखी रेतों के अलावा
हैं असीम तक फैली हुई जो

जॉन कीट्स
(1795-1821)

जॉन कीट्स की मृत्यु 26 वर्ष की अल्पायु में ही हो गई थी। उनका जीवन दुःखों का एक पहाड़ था। फैनी ब्रॉन से प्रेम में निराशा, छोटे भाई की टी.बी. से मौत, आलोचकों की क्रूरता, लगातार बिगड़ती सेहत और फिर टी.बी. से ही देहान्त। उनका जीवन वस्तुतः दुःखों ओर जीवट की एक दास्तान है। इन दुःखों के चलते उन्होंने किसी निराशा के क्षण में कहा था कि मेरी कब्र पर लिख देना कि यहाँ जो व्यक्ति दफन है उसका नाम पानी पर लकीर जैसा है। परन्तु, इतिहास का निर्णय उन पर एकदम भिन्न है। मशहूर कवि-आलोचक मैथ्यू आर्नल्ड के अनुसार वे शेक्सपियर के समकक्ष हैं। उनकी विशेषता यह है कि प्रत्येक संग्रह के साथ उनकी काव्य प्रतिभा का विकास होता गया। एक पूरी तरह रोमानी कवि से आरंभ करके वे एक क्लासिकी कवि के रूप में उभरे, जिसका प्रमाण उनका अधूरा खंडकाव्य 'हाइपीरियन' तथा उनके विश्वविख्यात ओड्स हैं। उनका काव्य रोमानी

कविता का उत्कृष्ट नमूना तो है ही, उनका ध्येय वस्तुनिष्ठ (Objective) काव्य रचना करना था। ऐसी काव्य रचना के लिए उनके अनुसार जिस चीज़ की ज़रूरत है उसे वे 'निगेटिव कैपेबिलिटी' की संज्ञा देते हैं—एक ऐसी क्षमता जिससे कवि अपने व्यक्तित्व को पूरी तरह भुलाकर स्थितिपरक काव्य की रचना करता है। शेक्सपियर की उन्हें यही बात खासतौर पर पसन्द थी। रोमानी कवि आम तौर पर अपनी तकलीफ़ों-दुःखों पर कविता करते हैं और उनकी कविता प्रायः 'मैं' और 'मेरे' से आरम्भ होती है, जब कि शेक्सपियर अपने नाटकों में स्थिति और पात्र के अनुरूप उत्कृष्ट कविता की रचना करते हैं। प्रतिकूल और भिन्न भावों-विचारों की उनकी कविता समान रूप से विश्वसनीय होती है। अपने जीवन के अन्त तक कीट्स ने भी यह उत्कृष्टता कुछ हद तक प्राप्त कर ली थी। इसीलिए उनकी गिनती अंग्रेज़ी के बड़े कवियों में होती है, एक ऐसा कवि फ़िराक़ गोरखपुरी जैसे सिरफिरे कवि भी बार-बार जिसकी प्रशंसा करते हैं। इस लिहाज़ से वे शैली से बड़े कवि हैं, क्योंकि शैली की कविता में उत्तरोत्तर विकास देखने को नहीं मिलता।

Ode on a Grecian Urn

Thou still unravish'd bride of quietness,
    Thou foster-child of Silence and slow Time,
Sylvan historian, Who canst thus express
    A flowery tale more sweetly than our rhyme:
What leaf-fringed legend haunts about thy shape
    Of deities or mortals, or of both
    In Tempe or the dales of Arcady?
What men or gods are these? What maidens loth?
    What mad pursuit? What struggle to escape?
    What pipes and timbrels? What wild ecstasy?

Heard melodies are sweet, but those unheard
    Are sweeter; therefore ye soft pipes, play on;
Not to the sensual ear, but, more enderar'd,
    Pipe to the spirit ditties of no tone:
Fair youth, beneath the trees, thou canst not leave
    Thy song, never, never canst thou kiss,
Though winning near the goal-yet, do not grieve;
    She cannot fade, though thou hast not thy bliss,
For ever wilt thou love, and she be fair!

Ah, happy, happy boughs! that cannot shed
    Your leaves, nor ever bid the Spring adieu:

एक यूनानी कलश के प्रति

अनछुई दुल्हन तू खामोशी की
धीमे समय की पोषित बच्ची
गाथा इक ऐ हरियाली की,
फूलों भरी कहानी तू ही
केवल तू ही कह सकती है
मेरी कविता से भी अच्छी :
देवताओं की, या मनुष्य की
टैम्पी अथवा आरकेडी में
दन्तकथा ये है कौनसी
हरी-भरी जो कहती है तू?
कौन मनुष्य ये कौन देवता?
कौन युवतियाँ खड़ी अनमनी?
क्या दीवानगी? पीछा कैसा?
बचने की ये जद्दोजहद क्या?
वीणाएँ क्या, ढोल ये कैसे?
क्या उल्लास यह, सौदाइयों-सा?

गीत सुहाने सुने हुए जो
पर हैं अनसुने और भी सुन्दर
अतः बजाओ वीणा-वादक,
कानों के लिए नहीं मनुष्य के
बल्कि आत्मा की खातिर तुम

And, happy melodist, unwearied.
For ever piping songs for ever new—

More heppy love! more happy, love!
For ever warm, and still to be enjoy'd,
For ever panting, and for ever young;
All breathing human passion far above,
That leaves a heart high-sorrowful and cloy'd,
A burning forehead, and a parching tongue.

Who are these coming to the sacrifice?
To what green altar, O mysterious priest,
Lead'st thou that heifer lowing at the skies,
And all her silken flanks with garlands drest?
What little town by river or sea-shore,
Or mountain-built with peaceful citadel,
Is emptied of this folk, this pious morn?
And, little town, thy streets for evermore
Will silent be; and not a soul, to tell
Why thou art desolate, can e'er return.

O Attic shape! Fair attitude! with brede
Of marble men and maidens overwrought,
With forest branches and the trodden weed;
Thou, silent form, dost tease us out of thought
As doth eternity: Cold Pastoral!
When old age shall this generation waste,
Thou shalt remain, in midst of other woe
Than ours, a friend to man, to whom thou say'st,

ना हम सुन जो पायें, मधुर धुन
खत्म न होगा गीत तुम्हारा, ऐ नौजवाँ
इन पेड़ों के नीचे, ना ही
कभी झड़ेंगे इनके पत्ते
निर्भय प्रेमी, इतने पास भी होकर लक्ष्य के
चुम्बन कभी न ले पाओगे,
चिन्ता लेकिन करो न तुम कि
कभी नहीं वह कुम्हलाएगी
सदा प्रेम तुम करते रहोगे
और वह सुन्दर सदा रहेगी

कभी वसन्त विदा न होगा
कभी झड़ेंगे ना ये पत्ते
ऐ प्रसन्नचित अथक गवैये
गाओगे नित नये गीत तुम,
सदा ऊष्मा, सदा ही यौवन
सदा तुम्हारे रहेंगे कायम,
मानव प्रेम से कहीं उच्चतर
जिसमें, व्यथित ही रहता है मन

कौन जा रहे बलि देने को
किस बलि-वेदी पर ले जाते
सजे-सजाये मालाओं से
आसमान तक चिल्लाते इस
बछड़े को, अज्ञात पादरी!
नदी किनारे, तट सागर के
हुआ है खाली शहर कौन ये?
सुबह-सवेरे,
पर्वत की गोदी में बसता
हुआ है खाली किला कौन-सा?

"Beauty is truth, truth beauty,—that is all
Ye know on earth, and all ye need to know."

ऐ छोटे-से कस्बे तेरी
गलियाँ अब खामोश रहेंगी
और बताने कारण इसका
कोई कभी न अब लौटेगा

ऐ सुन्दर यूनानी चित्रधर,
संगमरमर के युवक-युवतियाँ
नक्श हुए खामोश जो तुझपर
कुचली झाड़ियाँ, वन-शाखाएँ
करतीं व्याकुल, विवश सोच पर
हमको करता है अनंत ज्यों
मौन कलश, जब
जरा-अवस्था करेगी जर्जर
इस पीढ़ी को, इतर हमारे
मित्र तुम उसके
अन्य दुखों के मध्य रहोगे
और कहोगे यह मनुष्य से,
सौन्दर्य सत्य है, सत्य ही सुन्दर—
यही तुम्हें मालूम जहाँ में
और नहीं कुछ इससे ऊपर

To Autumn

SEASON of mists and mellow furitfulness,
Close bosom-friend of the maturing sun;
Conspiring with him how to load and bless
With fruit the vines that round the thatch-eves run;
To bend with apples the moss'd cottage-trees,
And fill all fruit with ripeness to the core;
To swell the gourd, and plump the hazel shells
With a sweet kernel; to set budding more,
And still more, later flowers for the bees,
Until they think warm days will never cease,
For Summer has o'er-brimm'd their clammy cells.

Who hath not seen thee oft amid thy store?
Sometime whoever seeks abroad may find
Thee sitting careless on a granary floor,
Thy hair soft-lifted by the winnowing wind;
Or on a half-reap'd furrow sound asleep,

पतझड़ के प्रति

धुंध भरी रुत मीठे फलों की
सूरज की अविच्छिन्न सहेली
साज़िश जिसके साथ तू करके
लाद अंगूरों से है देती
छप्पर-छप्पर चढ़ी बेल को,
सेवों से नत पेड़ को करती
और मिठास से भर देती है
तरह-तरह के पकते फलों को,
बादामों को गिरी बख्शती,
फूल खिलाती, इतने सारे
करती चिपचिपी कोठरी ऐसी
भर देती यूँ मधु से छत्ता
कि भौरों को लगने लगता
कभी यह मौसम विदा न होगा

तुझे देखना जो भी चाहे
लगी काम में अपने देखें,
देखे घिरी अनाज के ढेर से
धान छटकती छाज से देखे,
नर्म हवा में केश उड़ रहे
मस्ती में बैठी के जिसके
या फिर देखे तुझको कोई
धुत्त, पोस्त के पौधे से

Drows'd with the fume of poppies, while thy hook
Spares the next swath and all its twined flowers:
And sometime like a gleaner thou dost keep
Steady thy laden head across a brook;
Or by a cyder-press, with patient look,
Thou watchest the last oozings hours by hours.

Where are the songs of Spring? Ay, where are they?
Think not of them, thou hast thy music too
While barred clouds bloom the soft-dying day,
And touch the stubble-plains with rosy hie;
Then in a wailful choir the small gnats mourn
Among the river sallows, borne aloft
Or sinking as the light wind lives or dies
And full-grown lambs loud bleat from hilly bourn
Hedge-crickets sing; and now with treble soft
The red-breast whistles from a garden-croft
And gathering swallows twitter in the skier.

अधकटी फसल के मुट्ठे पर ही
गहरी नींद में सोई को
जबकि उलझे फूलों वाली
तेरे बाजू वाली पंक्ति
तेरी दराती से बच जाती
कभी तुझे देखा जा सकता
सिर पर लिए फ़सल का गट्ठा
सीधी गर्दन किए नदी के
पार उतरते
या फिर घंटों बैठी रहती
सेव पेलने वाले यन्त्र के
पास जो घंटों देखा करती
बड़े धैर्य से, रिसने वाली
उस मशीन से बूँद-बूँद को

कहाँ हैं, किधर हैं बहारों के नग़में?
सोच मत उनके बारे में तू
तेरा भी संगीत है अपना
डूब रहे सूरज की बेला
में जब छितरे-छितरे बादल
रंग गुलाबी से रंग देते
कटे सद्य ही खेत को हैं, तब
संग पवन के
ऊँचे-नीचे होते स्वर में
मच्छर अपना गीत सुनाते,
और पहाड़ों पर मिमियाती
पली-पलायी भेड़-बकरियाँ,
झींगुर गाते
बीन बजाते बागानों में रोबिन पंछी
और झुण्ड की झुण्ड चिरैयाँ
आसमान में चूँ-चूँ करतीं
छटा है ये तेरे संगीत की

When I Have Fears

When I have fears that I may cease to be
Before my pen has glean'd my teeming brain,
Before high-piled books, in charactery,
Hold like rich garners the f ıll ripen'd grain;
When I behold, upon the night's starr'ıl face,
Hugh cloudy symbols of a hıgh romance,
And think that I may never live to trace
Their shadows, with the magic hand of chance;
And when I feel, fair creature of an hour,
That I shall never look upon thee more,
Never have relish in the faery power
Of unerflecting love;—then on the shore
Of the wide world I stand alone, and think
Till love and fame to nothingness do sink.

मुझे लगता है कि मैं न ज़िन्दा रहूँगा

जब
किताबों में हैं जो पकी फसलें,
उनको समेटने को,
कलमबन्द करने को भाव अपने मन के उफनते हुए
मुझे लगता है कि मैं न ज़िन्दा रहूँगा,
जब
ख़यालों की, ख़्वाबों की तस्वीर हैं जो,
सितारों भरी रात के चेहरे पर से
गुज़रते हुए बादलों को
नज़मबन्द करने को
लगता है कि मैं न ज़िन्दा रहूँगा,
जब
मुहब्बत के निश्चिंत उड़ते परिन्दे,
ऐ हसीं फरिश्ते,
परी-चेहरे को निहारने को तेरे
लगता है मुझे कि मैं न ज़िन्दा रहूँगा
तब, इस बड़ी-सी दुनिया के किनारे
खड़ा मैं अकेला
ख़यालों में ख्वाबों में खो जाता हूँ ऐसे
कि मुहब्बत और शोहरत ये
लगने लगते हैं
राख के ढेर-से मुझे

ऐलफ्रेड टेनिसन
(1809-1892)

टेनिसन अपने समय के एक प्रतिनिधि कवि हैं। उनका ज़माना विज्ञान खासकर एन्थ्रोपोलॉजी और जिओलॉजी आदि में नयी-नयी खोजों का ज़माना था। ये ख़ोजें मानव के जीवन और उसके सोचने के तरीके में क्रान्तिकारी परिवर्तन ला रही थीं। इनमें सबसे महत्वपूर्ण 'ओरिजन ऑफ़ स्पीसीज़' में प्रतिपादित डार्विन का सिद्धान्त है। इस सिद्धान्त के अनुसार मनुष्य लाखों वर्ष के क्रमिकविकास के बाद अपने वर्तमान स्वरूप को प्राप्त हुआ है। यह सिद्धान्त सदियों से चली आ रही इस धारणा के विरुद्ध है कि मनुष्य ईश्वर की एक अनुपम रचना है, इन खोजों ने धर्म और विश्वास, जिनसे मनुष्य के जीवन में कुछ स्थायित्व आता है, पर सीधी चोट की। उदाहरण के लिए, यदि प्रकृति में सबसे बलशाली ही जीवित रह पाता है तो इसमें ईश्वर की अनुकम्पा कहा सिद्ध होती है? अंतः यह युग धर्मसंकट (Crisis of faith and anxiety) का युग था। टेनिसन ने अपनी मशहूर कविता 'इन

मेमोरियम' में इसी संकट का बड़ा प्रभावी चित्रण किया है। अपने मित्र आर्थर हैलम की मौत पर टेनिसन के लिए सबसे ज़रूरी सवाल यह है कि क्या आत्मा अमर है? यदि है तो उनका हैलम से पुनर्मिलन होगा। परन्तु विज्ञान यह कहता है कि मनुष्य की ज़िन्दगी और मौत में ईश्वर की कोई भूमिका नहीं। यह सब तो प्रकृति के नियमों के अनुसार चल रहा है। इस लम्बी कविता के कारण जिसमें अन्ततः वे आस्था और विश्वास पर बल देते हैं--उन्हें वर्ड्सवर्थ के बाद राष्ट्रकवि (पोइट-लारियेट) बना दिया गया। वे शैली और स्विनबर्न की तरह अंग्रेज़ी के उत्तम लिरिक कवि हैं। उनका प्रकृति-चित्रण भी अति सुन्दर है। टेनिसन का महत्व समकालीनों के लिए परन्तु इस बात में है कि उन्होंने उस समय विज्ञान और धर्म के दरमियान जो टकराव चल रहा था उसको प्रस्तुत किया और अन्त में आस्था और धर्म को विज्ञान से बढ़कर बताया, जिससे विश्वास को फिर थोड़ा बल मिला और जीवन किंचित सुचारू रूप से चलने लगा। टेनिसन की रचनाओं में 'यूलिसिज़' 'लोटस ईटर्स' 'टू वॉएसिज़' 'टियर्स आइडल टियर्स' 'इन मेमोरियम' आदि बहुत मशहूर हैं।

Ulysses

It little profits that an idle king,
By this still hearth, among these barren crags,
Match'd with an aged wife, I mete and dole
Unequal laws unto a savage race,
That hoard, and sleep, and feed, and, know not me.
I connot rest from travel: I will drink
Life to the lees: all times I have enjoy'd
Greatly, have suffer'd greatly, both with those
That loved me, and alone; on shore and when
Thro' scudding drifts the rainy Hyades
vext the dim sea; I am become a name;
For always roaming with a hungry heart
Much have I seen and Known; cities of men,
And mamers, climates, councils, governments
Myself no least, but honour'd of them all;
And drunk delight of battle with my peers,
Far on the ringing plains of windy Troy.
I am a part of all that I have met.
Yet all experience is an arch where-thro'
Gleams that untravell'd world, whose margin fades

How dull it is to pause, to make an end,

यूलिसिज़

बेकार है यूँ बैठे रहना यहाँ
बूढ़ी बीवी के पास बंजर चट्टानों से घिरे
और इन असभ्य लोगों पर करना फ़ज़ूल-सी हकूमत
सोने, खाने और बटोरने के अलावा कुछ नहीं आता जिन्हें
और जो बिल्कुल नहीं समझते मुझे
सफ़र के बिना चैन कहाँ,
जीना चाहता हूँ आखिरी दम तक
ज़िन्दगी को मैं
किए हैं खूब ही मज़े, खूब ही झेली हैं मुसीबतें
समुन्दर की गहराइयों में हो कि खुश्की पर
हमराह अपने अज़ीज़ साथियों के, अकेले भी
नाम किया है पैदा मैंने
मन में एक भूख-सी लिए घूमते हुए
मैंने देखा है बहुत कुछ बहुत सी प्रथाएँ
बहुत से लोग, जलवायु, सरकारें
सम्मानित हुआ हूँ सबसे
और इसी सिलसिले में जाना है खुद को
दूर-दूर तक अपने सहयोगियों के साथ
ट्रॉय के मैदान पर हुए घमासान और अन्य युद्धों का
खूब मज़ा लिया है मैंने
और हो गया हूँ एक हिस्सा अपने विशाल अनुभव का
लेकिन यह सारा अनुभव हो गया है एक झरोखा

To rust unburnish'd, not to shine in use!
As tho' to breathe were life. Life piled on life
Were all too little, and of one to me
Little remains: but every hour is saved
From that eternal silence, something more,

A bringer of new things; and vile it were
For some three suns to store and hoard myself,
And this grey spirit yearning in desire
To follow knowledge like a sinking star,
Beyond the utmost bound of human thought.
This is my son, mine own Telemachus,
To whom I leave the sceptre and the isle—
This labour, by slow prudence to make mild
A rugged, people, and thro' soft degrees
Subdue them to the useful and the good.
Most blameless is he, centred in the sphere
Of common duties decent, not to fail
In offices of tenderness, and pay
Meet adoration to my bousehold gods,
When I am gone. He works his work, I mine.
There lies the port; the vessel puffs her sail:
There gloom the dark broad seas. My mariners,
Souls that have toil'd, and wrought, and thought with me—
That ever with a frolic welcome took
The thunder and the sunshine, and opposed
Free hearts, free foreheads—you and I are old;
Old age hath yet his honour and his toil;

Death closes all: but something ere the end,
Some work of noble note, may yet be done,

जिसमें से दिखाई देती है, वो सारी दुनिया
जो अभी तक नहीं देखी मैंने
और किनारा जिसका मेरे सफ़र के साथ-साथ ही
जाता है खिसकता
नागवार गुज़रता है कितना पड़े रहना यहाँ
खाते रहना जंग, बजाय कर गुज़रने के कोई यादगारी कारनामा
जैसे कि सिर्फ़ साँस लेना ही ज़िन्दगी हो
सौ जीवन भी कम हैं, और मेरे तो अब थोड़े-से दिन ही हैं बचे
कीमती है, हर पल कीमती है आखिरी नींद से पहले,
नामाकूल ही होगा कोई जो ये थोड़े से दिन भी
किसी काम न लगाए, कुछ नया न कर जाए
और मेरी तो ये बूढ़ी आत्मा तड़प रही है
मनुष्य की कल्पना से भी आगे, ज्ञान की
आखिरी हद लांघ जाने के लिए

ये है मेरा बेटा टैलीमैकस
मैं सौंप रहा हूँ इसे इस द्वीप का राज्य
खूब अंजाम देगा ये अपना काम,
कर्तव्यनिष्ठ है, कोई ऐब नहीं है इसमें
गृहदेवताओं की करेगा उपासना मेरे बाद
मैं जाता हूँ अपनी राह, ये करेगा अपना काम
बुला रहा है बन्दरगाह मुझे, तैयार खड़ा है जहाज़
बुला रहा है सागर विशाल

मेरे हमसफर, हमखयाल, मेरे सुख-दुख के
साथी नाविको, आज़ाद तबीयत वालो,
ऊँचा रहा सदा माथा, मुँह चिढ़ाते रहे हो
तूफानों को भी जो,
बुढ़ापे के भी तो अपने काम हैं
सबकुछ हो जाएगा समाप्त मौत आने पर

Not unbecoming men that strove with Gods.
The long day wanes: the slow moon climbs: the deep
Moans round with many voices. Come, my friends,
'Tis not too late to seek a newer world.
Push off, and sitting well in order smite

The sounding furrows; for my purpose holds
To sail beyond the sunset, and the baths
Of all the western stars, until I die.
It may be that the gulfs will wash us down:
It may be we shall touch the Happy Isles,
And see the great Achilles, whom we knew.
Tho' much is taken, much abides; and tho'
We are not now that strength which in old days
Moved earth and heaven; that which we are, we are
One equal temper of heroic hearts,
Made weak by time and fate, but strong in will
To strive, to seek, to find, and not to yield.

मगर तब तक तो किया जा सकता है कुछ ऐसा
कि रहे याद सदा जो, जिसे देखकर शर्माएँ देवता भी

ढलने लगा है दिन, हो चली हैं रोशनियाँ चट्टानों पर
और चढ़ने लगा है चाँद,
उठो दोस्तो, चलाओ चप्पू, अभी कुछ नहीं बिगड़ा
क्योंकि मेरा इरादा है दुनिया को लांघ जाने का

आँख बन्द होने से पहले,
हो सकता है निगल जाएँ मछलियाँ हमें
और हम जा पहुँचे हैपी आइलज़ में
जहां हो एकिलीज़ से मुलाकात हमारी
बहुत कुछ चला गया है चाहे, बहुत कुछ है बाकी अभी
नहीं है वो शक्ति हालांकि धरती आकाश को लांघने की
फ़िर भी जो है, सो है
वक्त और हालात ने कर दिया है चाहे कमज़ोर
पर मज़बूत है इरादा
जुस्तजू का, जद्दोजहद का, कुछ पाने का
कभी न मात खाने का

रॉबर्ट ब्राउनिंग
(1812-1889)

रॉबर्ट ब्राउनिंग विक्टोरिया काल के एक अति महत्वपूर्ण कवि होने के बावजूद इस युग के अन्य कवियों से बहुत भिन्न हैं। विक्टोरिया काल इंग्लैड के इतिहास और अंग्रेज़ी साहित्य में संक्रमण काल था, तथा इस युग के लेखकों-कवियों की रचनाओं में इस संक्रमण काल से सम्बन्धित रचनाओं की प्रधानता है। इस अर्थ में ब्राउनिंग शायद टेनिसन और मैथ्यू ऑर्नल्ड की अपेक्षा अधिक सार्वभौमिक और सार्वकालिक है। कथ्य की दृष्टि से ही नहीं, शिल्प में भी वे अपने समकालीनों से अलग हैं।

ब्राउनिंग विशेषकर अपनी मनोविज्ञान-प्रधान कविता के लिए जाने जाते हैं। वे मनुष्य के मस्तिष्क एवं मन की उथल-पुथल का अध्ययन करके उसे कविता का रूप देते हैं। इस बौद्धिक विश्लेषण के लिए वे ड्रामेटिक मोनोलॉग का प्रयोग करते हैं। ड्रामेटिक मोनोलॉग में एक वक्ता होता है जो अपने आस-पास होने वाली किसी घटना अथवा किसी व्यक्ति-विशेष के कार्यकलाप पर टिप्पणी करता है,

उससे बातचीत करता है और उसके दृष्टिकोण को भी अपने वक्तव्य में समाहित कर लेता है। इस तरह ड्रामेटिक मोनोलॉग एक एकल नाटक हो ज़ाता है। ब्राउनिंग के ड्रामेटिक मोनोलॉग एक प्रकार से आत्मा का अध्ययन होते हैं। उनकी कविता बाहरी जगत के बजाय दिमाग के तंग गलियारों का दिग्दर्शन कराती है। 'माई लास्ट डचेज़' उनके ड्रामेटिक मोनोलॉग का एक उत्तम उदाहरण है। इस विधि का इस्तेमाल वे चरित्र-चित्रण के लिए भी बखूबी करते हैं, और यह विधि उनके जीवन-दर्शन के वहन का भी सबल साधन है।

ब्राउनिंग प्रेम के एक बेहतरीन कवि थे, परन्तु उनकी कविता प्रेम की पीड़ा न दर्शाकर, प्रेम के किसी एक पक्ष, जैसे प्रेम में असफलता या बीते हुए समय के प्रेम की तीव्र अभिव्यक्ति करती है। यह कविता आत्मपरक नहीं होती। ब्राउनिंग के समकालीन उनकी प्रेम कविता से अधिक उनकी धार्मिक कविता से प्रभावित थे। इस काल में आस्था का ह्रास हो रहा था और दिल और दिमाग में द्वन्द्व चल रहा था। ऐसे में ब्राउनिंग की धार्मिक कविता उन्हें सुकून देती थी। इसके साथ-साथ ब्राउनिंग आशावाद के कवि हैं। उनके अनुसार दयालु ईश्वर की दुनिया में सब ठीक-ठाक है। मुक्त छन्द की कविता के साथ-साथ, ब्राउनिंग एक उत्तम लिरिक कवि भी हैं। बाइरन के प्रति उनका विशेप लगाव था और शैली का गहरा प्रभाव उनकी कविता में देखा जा सकता है। परन्तु यद्यपि वे रोमानी कवियों से प्रभावित थे, उनकी अपनी एक अलग छवि है। उनकी मशहूर रचनाओं में 'माई लास्ट डचेज़' के अलावा 'लास्ट राइड टुगेदर', एंण्डी डेल सैर्टो', राबाई बेन एज़रा', 'ग्रामेटियंस फ्यूनरल', 'वन वर्ड मोर' तथा 'लिप्पो लिप्पो' शामिल हैं।

My last Duchess

That's my last Duchess painted on the wall
Looking as if she were alive. I call
That piece a wonder, now; Fra Pandolf's hands
Worked busily a day, and there she stands.
Will't please you sit and look at her? I said
"Fra Pandolf" by design, for never read
Strangers like you that pictured countenance,
The depth and passion of its earnest glance,
But to myself they turned (since none puts by
The curtain I have drawn for you, but I)
And seemed as they would ask thus. Sir, 't was not
Her husband's presence only, called that spot
Of joy into the Duchess' cheek; perhaps
Fra Pandolf chanced to say, "Her mantle laps
Over my lady's wrist too much," or "Paint
Must never hope to reproduce the faint
Half-flush that dies along her throat;"such stuff
Was courtesy, she thought, and cause enough
For calling up that spot of joy She had
A heart ... how shall I say? ... too soon made glad,
Too easily impressed; she liked whate'er
She looked on, and her looks went everywhere.
Sir, 't was all one! My favour at her breast,

मेरी पूर्व पत्नी

वह जो दीवार पर तस्वीर देख रहे हैं आप
यह एक़दम जीती-जागती, मेरी पहली पत्नी की तस्वीर है
सचमुच कमाल की तस्वीर!
चित्रकार फ्रा पिंडाल्फ़ ने बड़ी मेहनत से बनाया है इसे,
बैठ जाइए, जनाब और ज़रा ध्यान से देखिए इसे, मैंने कहा
जी हाँ, आप पहले व्यक्ति नहीं हैं जो पूछना चाहते हों मुझसे
कि यह आँखों की गहराई और भाव की तीव्रता कहाँ से आई है इसमे
जनाब, यह केवल उसके पति की मौजूदगी ही नहीं थी
जिसके कारण इसके गाल पर पड़ा हो यह निशान
चेहरे पर आई हो यह स्निग्धता
शिष्टाचार वश फ्रा पिंडाल्फ ने कह दिया होगा,
"आपका पल्लू आपकी कलाई को कुछ ज़्यादा ही ढक रहा है,"
या कि "आपके गले की उभरती, अस्त होती नाड़ी की सुन्दरता को
लेशमात्र भी पकड़ पाने में अक्षम है चित्रकला"—
ऐसी किसी भी बात से प्रसन्नता का यह चिह्न
उसके चेहरे पर आ गया होगा
उसका दिल बहुत जल्दी प्रभावित, बहुत जल्दी प्रसन्न हो जाता था
या फिर किसी चापलूस द्वारा भेंट किया गया चेरी का गुच्छा,
या कम-से-कम, मुख पर लालिमा तो आ ही जाती थी उसके
वह मेरी भी आभारी थी
पर मुझे दुख इस बात का होता था कि
मेरे नौ सौ साल पुराने नाम को वह

The bough of cherries some officous fool
Broke in the orchard for her, the white mule
She rode with round the terrece--all and each
Would draw from her alike the approving speech,
Or blush, at least. She thanked me,—good; but thanked
Somehow... I Know not how as if she ranked
My gift of a nine-hundred-years-old name
With anybody's gift. Who'd stoop to blame
This sort of trifling? Even had you skill
In speech—(which I have not)—to make your will
Quite clear to such an one, and say, "Just this
Or that in you disgusts me; here you miss,
Or there exceed the mark"—and if she let
Herself be lessoned so, nor plainly set
Her wits to yours, forsooth, and made excuse,
—E'en then would be some stooping, and I chuse
Never to stoop. Oh, Sir, she smiled, no doubt,
Whene'er I passed her; but who passed without
Much the same smile? This grew; I gave commands;
Then all smiles stopped together. There she stands.
As if alive. Will't please you rise? We'll meet
The company below, then. I repeat,
The Count your Master's known munificence
Is ample warrant that no just pretence
Of mine for dowry will be disallowed;
Though his fair daughter's self, as I avowed
At starting, is my object. Nay, we'll go
Togerther down, Sir! Notice Neptune, though,
Taming a sea-horse, thought a rarity,
Which Claus of Innsbruck cast in bronze for me.

किसी भी ऐरे-गैरें के उपहार के बराबर समझती थी।
अब इसके लिए कोई टोकता भी तो क्या उसे
"यहाँ तुम ज़रूरत से ज्यादा कर रही हो, यहाँ कम
यह बुरा लगता है मुझे"
यदि मेरे पास सब करने की कला होती भी
और यदि वह मुझसे बहस न करके, मेरी बात मान भी लेती, तो भी
यह सब कहना मैं अपनी हेठी समझता हूँ,
वह मुझे देखकर भी मुस्कुराती थी, पर जनाब
किसे देखकर नहीं मुस्कुराती थी वह?
जब यह प्रवृत्ति बढ़ने लगी तो
मैंने आदेश दे दिया
और उसकी मुस्कान हमेशा के लिए बुझ गई
यह जीवन्त चित्र उसी का है।
आओ चलें, और नीचे बैठे हुए लोगों से मिलें
हाँ, मैं दोहरा दूँ कि नवाब साहब की उदारता इस बात की गारंटी होनी चाहिए
कि दहेज के लिए मेरी हर उचित माँग मान ली जाएगी
हालांकि, जैसा मैंने शुरू में ही कहा था,
यह शादी मैं उनकी सुन्दर पुत्री की खातिर ही कर रहा हूँ
चलिये नीचे चलते हैं।
यह जो समुन्दरी घोड़े पर सवार
जलदेवता नेपच्यून का बुत आप देख रहे हैं
यह अति दुर्लभ है
इसे क्लॉज़ ऑफ़ इन्सब्रक ने विशेष मेरे लिए बनाया था

मैथ्यू आर्नल्ड
(1822-1888)

मैथ्यू आर्नल्ड जितने महत्त्वपूर्ण कवि हैं उतने ही महत्त्वपूर्ण आलोचक भी। उनके अनुसार प्रथम श्रेणी की आलोचना प्रथम श्रेणी की कविता और कला से कम नहीं। बचपन में वे काफी उच्छृंखल व पढ़ाई में कोई खास होनहार नही थे, जिसे लेकर उनके पिता चिन्तित रहते थे। बाद में यही मैथ्यू आर्नल्ड एक विद्वान कवि-आलोचक हुए और 'होमर के अनुवाद को लेकर आने वाली समस्याओं' नामक मशहूर पुस्तक लिखी । उन्होंने जीवन के पैंतीस वर्ष एक शिक्षा अधिकारी के रूप में व्यतीत किए, वे अक्सर दौरे पर रहते थे। जीवन बहुत व्यस्त था। दिन भर के परिश्रम के बाद केवल रात को ही उन्हें पढ़ने-लिखने का समय मिलता था। 1857 में वे ऑक्सफोर्ड में प्रोफेसर ऑफ पोइट्री के पद पर रहे। वे वक्ता बहुत अच्छे नहीं थे, परन्तु आलोचना में उनको महारत हासिल थी। वे जर्मन कवि गोयठे और फ्रांस के जॉर्ज सॉद के अलावा वर्ड्सवर्थ के बहुत प्रशंसक थे। उनके अनुसार वर्ड्सवर्थ की कविता में मरहम लगाने की शक्ति (हीलिंग पावर) है, प्रकृति के सम्पर्क में वर्ड्सवर्थ पाठक को भी

ले आते हैं और वह उसके पावन प्रभाव में अपने मानसिक ओर शारीरिक कष्ट भूल जाता है। मैथ्यू आर्नल्ड के दो खण्डों में आलोचनात्क निबन्ध भी उल्लेखनीय हैं। इनके अलावा उनकी पुस्तक 'कल्चर ऐंड अनार्की' भी महत्त्वपूर्ण है।

आर्नल्ड को विक्टोरिया काल के अन्य दो बड़े कवियों, टेनिसन और ब्राउनिंग से कम करके आंका जाता है। उनकी अधिकांश कविता में, दिल को छूने वाली अनुभूति की तीव्रता से अधिक उनकी सोच और उनका विचार-पक्ष प्रबल है। ऐसा लगता है कि उनकी कवितायें एक आलोचक की कवितायें हैं, जिनमें गेयता, लिरिसिज़्म की कमी है हालांकि अच्छी कविता की कसौटी के रूप में उनके द्वारा सुझाई गई पक्तियाँ बहुत सटीक हैं। उनका शिल्प अति उत्तम है, परन्तु हृदय को उद्वेलित करने की क्षमता उसमें कम है।

Dover Beach

The sea is calm to-night,
The tide is full, the moon lies fair
Upon the straits;—on the French coast, the light
Gleams, and is gone; the cliffs of England stand,
Glimmering and vast, out in the tranquil bay.
Come to the window, sweet is the night-air!
Only, from the long line of spray
Where the sea meets the moon-blanch'd land,
Listen! you hear the grating roar
Of pebbles which the waves draw back, and fling,
At their return, up the high strand,
Begin, and cease, and then again begin,
With tremulous cadence slow, and bring
The eternal note of sadness in.

Sophocles long ago
Heard it on the Aegean, and it brought
Into his mind the turbid ebb and flow
Of human misery; we
Find also in the sound a thought,
Hearing it by this distant northern sea

The Sea of Faith

डॉवर के तट पर

सागर शान्त है आज, चाँदनी छिटकी हुई किनारे पर
और पूरा है ज्वार
फ्रांस के तट पर जलती-बुझती है रोशनी
और इंग्लैंड के ओर की चट्टानें
खाड़ी के साथ-साथ
चमक रही हैं शांत और विशाल,
खिड़की पर आओ प्रिये, मन्द मधुर है रात की बयार
केवल सागर की फुहार के साथ-साथ
जहाँ चाँदनी में नहाई धरती मिलती है सागर से
और मद्धम लय से बार-बार टकराती हैं
आती-जाती हुई लहरें
और सुनाती हैं कर्कश स्वर में
शाश्वत उदासी का गीत
केवल उन्हीं की आती है आवाज़

बहुत पहले स्फोक्लीज़ ने सुना था इसे
एजियन सागर के किनारे
और हुआ था उसे
मनुष्य के घोर दुखों का आभास
कुछ ऐसा ही अहसास हो रहा है हमें आज
सुनकर दूर से, चढ़े हुए उत्तरी सागर की आवाज़ को

Was once, too, at the full, and round earth's shore
Lay like the folds of a bright girdle furled.
But now I only hear
Its melancholy, long, withdrawing roar,
Retreating, to the breath
Of the night-wind, down the vast edger drear
And naked shingles of the world.

Ah, love let us be true
To one another! for the world, which seems
To lie before us like a land of dreams,
So various, so beautiful, so new,
Hath really neither joy, nor love, nor light,
Nor certitude, nor peace, nor help for pain;
And we are as on a darkling plain
Swept with confused alarms of struggle and flight,
Where ignorant armies clash by night.

आस्था का सागर भी कभी इसी तरह
घेरे हुए था धरती को चारों ओर से
और चढ़ा हुआ ऐसे ही
लेकिन, सुनता हूँ अब मैं इसकी महज़ उदास,
हवा के सुर में सुर मिलाती
लौटती हुई लम्बी आवाज़,
फैलती हुई उजाड़ दुनिया के दूर-दराज़ किनारों तक

ऐसे में, महबूब मेरे
वफ़ा हमीं करें एक दूसरे से
क्योंकि ये दुनिया जो लगती है एक ख्वाब-सी
इतनी हसीं, नई-नई और विराट--
वास्तव में इसमें न रोशनी, न खुशी है न प्यार
न ही शान्ति, न विश्वास न दुखों से निंस्तार
यहाँ तो केवल अन्धकार है
भिड़ती हैं एक दूसरे से इस अंधकार में नादान फौजें,
भगदड़ है, जद्दोजहद है यहाँ तो केवल, हाहाकार

एमिली डिकिनसन
(1830-1886)

अमरीकी कवयित्री एमिली डिकिनसन बचपन में एक चुलबुल लड़की थी। पिता मशहूर वकील थे और अपने शहर के सार्वजनिक जीवन में उनका महत्त्वपूर्ण स्थान था। एमिली बहुत से लोगों के सम्पर्क में आयीं और शायद चार्ल्स वाड्ज़वर्थ नामक व्यक्ति से उनकी घनिष्ठता हो गई थी। परन्तु वाड्ज़वर्थ शहर छोड़कर सैनफ्रांसिसको चले गए और एमिली ने अपने आपको घर की चारदीवारी में बन्द कर लिया। इसके साथ ही शुरू हुई उनकी काव्य-यात्रा। 1870 में उनके पिता का देहान्त हो गया और माँ को लकवा मार गया। इसके बाद तो उनका घर से निकलना लगभग बन्द ही हो गया। उम्र भर वह पिता की मौत के सदमे को भुला नहीं पाईं। एमिली को और भी कई मित्रों-सम्बधियों की मौतों का दुख झेलना पड़ा। इसका नतीजा यह हुआ कि मृत्यु उनकी कविता का एक मुख्य विषय हो गयी। वह एक निजी परिधि की कवियित्री थीं। बाहर की दुनिया उन्हें रास ही नहीं आई। इसका एक कारण तो यह था कि वह अति संवेदनशील थी। उन्हें कोई ऐसा व्यक्ति

नहीं मिला जो उसकी भावनाओं की कोमलता और बुद्धि की उड़ान को समझ पाता। हर कवि अपनी कविता पर कुछ दाद चाहता है। वह चाहता है कि लोग उसकी पीड़ा, उसके प्रेम और मन के भावों को, शब्दों को सुन्दर रूप देने की कला को समझें और सराहें। जब ऐसा नहीं होता तो एक सच्चे कवि को अवसाद घेर लेता है। एमिली का मामला भी कुछ-कुछ ऐसा ही था। इसके अलावा उनके बाहरी दुनिया से मुँह फेर लेने का एक दूसरा कारण उनके पिता का सख्त रवैया और उनका पारिवारिक-सामाजिक परिवेश भी था। असफल प्रेम भी एक कारण हो सकता है—वाडज़वर्थ के बाद ओटिस लार्ड नामक व्यक्ति से उनकी शादी हो सकती थी परन्तु ओटिस का इससे पहले ही देहान्त हो गया।

मृत्यु के अलावा अमरत्व उनकी कविता का एक मुख्य विषय है। मृत्यु और अमरत्व का एमिली ने अनेक पहलुओं से विश्लेषण किया है।

अपने जीवनकाल में एमिली की केवल सात कविताएँ छपीं, लेकिन आज अमरीका के महत्त्वपूर्ण कवियों में उनकी गणना होती है। एमिली अपनी महानता जानती थीं। इसीलिए उन्होंने लिखा 'यदि मेरी कविता में कोई दम है तो मुझे मशहूर होने से कोई रोक नहीं सकता।'

Death

Because I could not stop for Death
He kindly stopped for me.
The carriage held but just oursevles
And immortality.

We slowly drove. He knew no haste,
And I had put away
My labor and my leisure too
For his civility.

We passed the school where children strove
At recess in the ring.
We passed the fields of grazing grain;
We passed the setting sun—

Or rather, he passed us.
The dews drew quivering and chill,
For only gossamer my gown,
My tippet only tulle.

क्योंकि मैं मृत्यु के लिए नहीं रुक सकी

क्योंकि मैं उसके लिए नहीं रुक सकी
वह मेहरबानी करके रुकी मेरे लिए
और मैं बैठ गई रथ में उसके
जिसमें केवल हम दोनों ही थे और था अनन्त

बढ़े जा रहे थे हम धीरे-धीरे, कोई जल्दी नहीं थी हमें
छोड़ दिए थे मैंने
उसकी शिष्टता के चलते
अपने तमाम काम और आराम

हम एक स्कूल से गुज़रे
जहाँ आधी छुट्टी में खेल रहे थे बच्चे,
और सूरज डूबते-डूबते
गुज़रे हम लहलहाते खेतों से

या यूँ कहिए, सूरज गुज़र गया हमसे
और हम सर्दी में ठिठुर रहे थे
सर्दी कैसे न लगती, मैं पहने हुए थी केवल जालीदार कपड़े

We paused before a house that seemed
A swelling of the ground.
The roof was scarcely visible,
The cornice in the ground.

Since then 'tis centuries, and yet
Feels shorter than the day
I first surmised the horses' heads
Were toward Eternity.

हम गुज़रे एक ऐसे मकान से,
एक छजली-सी
मकान क्या था, जैसे कुछ उभरी हुई थी धरती
छत तो नज़र ही नहीं आ रही थी उसकी
सदियाँ गुजर गई हैं तब से
और लगता है कल की बात है अभी
जब पहले-पहल पता चला था मुझे
कि मुँह हमारे घोड़ों के अनन्त की ओर थे

विलियम बटलर येट्स
(1865-1939)

विलियम बटलर येट्स अंग्रेज़ी की रोमांटिक और आधुनिक कविता के दरमियान एक पुल की हैसियत रखते हैं। उन्होंने खालिस रोमानी अन्दाज़ में कविता लिखना शुरू किया और उनकी परिणति बीसवीं सदी के सबसे बड़े कवि के रूप में हुई। उनका सम्बन्ध आयरलैंड से है और उनकी कविता के अधिकांश विषय भी आयरलैंड से ही सम्बन्धित हैं।

आयरलैंड उन दिनों अंग्रेज़ों के अधीन था और वहाँ आज़ादी की लड़ाई चल रही थी। येट्स की शुरुआती कविता में आयरलैंड के महान् अतीत और वहाँ के पौराणिक पात्रों का गुणगान है। वे दिखाना चाहते थे कि उनका देश किसी तरह भी इंग्लैड से कमतर नहीं है। येट्स के जीवन की एक महत्त्वपूर्ण घटना उनका एक अनुपम सुन्दरी मॉड से असफल प्रेम है। उन्होंने कई बार मॉड गान के सामने विवाह का प्रस्ताव रखा, जिसे ठुकरा दिया गया। मॉड से जब पूछा गया कि उसने येट्स जैसे

महान कवि का निवेदन क्यों स्वीकार नहीं किया, तो उसने कहा कि यदि वह ऐसा कर लेती तो संसार इतनी सारी सुन्दर कविताओं से वंचित रह जाता। 51 वर्ष की आयु तक येट्स ने उसका इन्तज़ार किया और फिर कहीं जाकर शादी की। इसके बाद ही उनके जीवन में स्थायित्व आया।

शीघ्र ही रोमानी कविता से उनका मोह भंग हो गया और वे बड़े तीखे अन्दाज़ से यथार्थ के धरातल पर उतरे। उनका सबसे बड़ा गुण यह है कि वे कीट्स की तरह प्रत्येक संग्रह के साथ बेहतर कवि होते गए। इसी कारण वे रोमांटिक से आधुनिक कवि बन सके। उत्तरोत्तर अलग और बेहतर कविता लिखना कुछ ही कवियों का हिस्सा आता है। आयरलैंड और प्रेम के अलावा उनकी कविता का एक मुख्य विषय बुढ़ापा और उसके कारण होने वाली मनुष्य की असहाय स्थिति हैं। वे एक संघर्षपूर्ण ढंग से बुढ़ापे के साथ निबटने की कोशिश करते हैं। कवि के साथ-साथ येट्स एक नाटककार भी थे। उनकी रचनाओं में 'सेलिंग टु बाइज़ैंटियम' 'टॉवर', 'डायलॉग ऑफ़ सैल्फ़ एंड सोल', 'ईस्टर 1916', लेक आइल ऑफ़ इनसफ्री' 'वैन यू आर ओल्ड' 'नो सेकिंड ट्रॉय', 'अमंग स्कूल चिलड्रन, आदि कविताएँ हैं।

Sailing to Byzantium

That is no country for old men. The young
In one another's arms, birds in the trees
—Those dying generations—at their song,
The salmon-falls, the mackerel-crowded seas,
Fish, flesh, or fowl, commend all summer long
Whatever is begotten, born, and dies,
Caught in that sensual music all neglect
Monuments of unaging intellect.

An aged man is but a paltry thing,
A tattered coat upon a stick, unless
Soul clap its hands and sing, and louder sing
For every tatter in its mortal dress,
Nor is there singing school but studying
Monuments of its own magnificence;
And therefore I have sailed the seas and come
To the holy city of Byzantium.

बाइज़ैन्तियम को कूच

देश नहीं बूढ़ों के लिए वह
आलिंगन में युवक-युवतियाँ
पेड़ों पर पक्षी मतवाले
मस्त हुई संगीत में अपने
मरती हुई ये सकल पीढ़ियाँ
झील, समुन्दर, दरियाओं में
उछल-कूद में व्यस्त मछलियाँ
सारे मनुष्य और पक्षी सारे
जो है जन्मता-मरता उसका
सारा दिन गुणगान हैं करते,
कामुकता के फंसे भंवर में
कभी न होने वाले पुराने
बुद्धि-ज्ञान के कीर्तिस्तम्भों का
भूले से भी ध्यान न करते

बेचारा बूढ़ा भी क्या है!
टंगा हुआ लाठी पर कोई
फटा-पुराना कोट हो जैसे
जब तक रुह न नाचे-गाए
जिस्म की हर थिगली को लेकर
और ज़ोर से गर न नाचे
ऐसे नृत्य-गान का लेकिन

O sages standing in God's holy fire
As in the gold mosaic of a wall,
Come from the holy fire, perne in a gyre,
And be the singing-masters of my soul.
Consume my heart away; sick with desire
And fastened to a dying animal
It knows not what it is; and gather me
Into the artifice of eternity.

Once out of nature I shall never take
My bodily form from any natural thing,
But such a form as Grecian goldsmiths make
Of hammered gold and gold enamelling
To keep a drowsy Emperor awake;
Or set upon a golden bough to sing
To lords and ladies of Byzantium
Of what is past, or passing, or to come.

कोई कहीं विद्यालय नहीं है
निज महिमा का ज्ञान ही केवल
अपनी भव्यता की पहचान
एक है रास्ता
इसीलिए कर पार समुन्दर
पावन नगरी
पहुँचा हूँ बाइज़ोन्तियम आकर

पच्चीकारी में दीवार की, जैसे सुनहरी
पवित्र आग में खड़े प्रभु की, साधु-सन्तो,
इस अग्नि से बाहर आओ
और बनो संगीत-गुरु तुम रूह के मेरी,
मार झपट्टा खा जाओ तुम
इच्छाओं के मारे इस दिल को
मृतप्राय जो एक जीव से बंधा हुआ है
जिसे नहीं मालूम वो क्या है,
और अनश्वर किसी कृति में मुझे समेटो

जीवन-मरण के चक्कर से मैं निकल गया तो
किसी जीव की योनि में फिर जन्म न लूँगा
अपितु निद्रालु इक शहनशाह को
जगता रखने को
बस यूनानी स्वर्णकारों के
गढ़े हुए मैं
इक पक्षी का रूप धरूँगा
या फिर सोने की टहनी पर
हो प्रतिष्ठित
भूत, भविष्य, वर्तमान की
बाइज़ैन्तियम के अधिपतियों से
कथा कहूँगा

When You Are Old

When you are old and grey and full of sleep,
And nodding by the fire, take down this book,
And slowly read, and dream of the soft look
Your eyes had once, and of their shadows deep;

How many loved your moments of glad grace
And loved your beauty with love false or true,
But one loved the pilgrim soul in you,
And loved the sorrows of your changing face;

And bending down beside the glowing bars,
Murmur, a little sadly, how Love fled
And paced upon the mountains overhead
And hid his face amid a crowd of stars.

जब तुम बूढ़ी हो जाओगी

जब नींद भरी होगी आँखों में, बूढ़ी जब हो जाओ तुम
पास बैठकर अंगीठी के पढ़ना ये चुपके-से पुस्तक
और सोचना क्या गहराई, क्या सुन्दरता
झील-सी थी इन आँखों में कभी

कितने भंवरे आए, सोचना, कली की भरी जवानी में,
सच्चा झूठा प्यार जताने कितने तुझसे आये लोग
लेकिन एक ही था दीवाना, प्यार था जिसको रुह से तेरी
प्यार था जिसको तेरे चेहरे की
सुख-दुख भरी लकीरों से

झुकी हुई अंगारों पर तब, ज़रा सोचना
कहाँ हुई काफूर मुहब्बत
कहाँ उड़ गया प्यार वो उनका, किस पर्वत पर
जा बैठा कहाँ, तारों में है मुँह छिपाकर

राबर्ट फ्रॉस्ट
(1874-1963)

राबर्ट फ्रॉस्ट अमेरीका के एक लोकप्रिय कवि हैं। वे जब ग्यारह वर्ष के थे तो पिता का देहान्त हो गया और कवि को स्वयं भी अवसाद और आत्महत्या की प्रवृत्तियों के विरुद्ध संघर्ष करना पड़ा। उनका बचपन आर्थिक कठिनाई में बीता। उन्हें कई छोटी-मोटी नौकरियां करनी पड़ीं। बीस वर्ष तक कविता लिखने के बाद उनका पहला संकलन इंग्लैड में प्रकाशित हुआ, जिसका काफ़ी स्वागत हुआ। जब 1914 में उनका दूसरा संकलन छपा तो एक आलोचक ने लिखा, "यह आधुनिक युग की अति क्रांतिकारी पुस्तक है, परन्तु इसका स्वर आक्रामक न होकर शान्त है।" इस संकलन की अधिकांश कविताएँ किसानों और खेत मज़दूरों के बारे में हैं। 1915 में जब वह अमरीका लौटे तो नये युग की अमरीकी कविता के अगुआ के रूप में उनका स्वागत किया गया। एक अमरीकी आलोचक के उनके बारे में लिखा कि इस 'सर्वाधिक अमरीकी कवि' को मान्यता सबसे पहले इंग्लैंड में मिली। वे पुरस्कारों के पीछे कभी नहीं भागे, फिर भी पुलिटज़र प्राइज़ उन्हें चार बार प्राप्त हुआ। मुक्त छन्द

में व बोलचाल की भाषा में लिखे गए उनके मोनोलॉग गेय हैं और गीतात्मक हैं। उन्होंने अमरीका के एक क्षेत्र-विशेष के बारे में ही कविता लिखी, परन्तु वे एक सार्वभौमिक और सार्वकालिक कवि थे। उनके अनुसार एक अच्छी कविता का आरम्भ आनन्दानुभूति से होता है और उसका अन्त समझदारी में। अमरीकी राष्ट्रपति जॉन एफ. कैनेडी के अनुसार 'फ्रॉस्ट की कविता की ताज़गी, प्रकृति में आनन्दानुभूति, भाषा की सादगी और मानव मन में गहरी पैठ उनकी कविता की विशेषतायें है।' भारत में राबर्ट फ्रॉस्ट उस समय विशेष चर्चा में आए जब मृत्यु के पश्चात् पं. जवाहर लाल नेहरू की मेज़ पर, विशेष रूप से लिखकर रखी गई उनकी ये चार पक्तियाँ मिलीं :

जंगल हैं तारीक़, गहरे, रूपहले
मगर मुझको वादे अभी हैं निभाने
कई कोस जाना है सोने से पहले
कई कोस जाना है सोने से पहले

Stopping by Woods on a Snowy Evening

Whose woods these are I think I know,
His house is in the village though;
He will not see me stopping here
To watch his woods fill up with snow.

My little horse must think it queer
To stop without a farmhouse near
Between the woods and frozen lake
The darkest evening of the year.

He gives his harness bells a shake
To ask if there is some mistake
The only other sound's the sweep
Of easy wind and downy flake.

The woods are lovely, dark and deep
But I have promises to keep,
And miles to go before I sleep.
And miles to go before I sleep.

जंगल से गुज़रते हुए

हैं जंगल ये किसके, मैं वाकिफ हूँ शायद
गाओं में हालांकि उसका मकां है,
पुरबर्फ़ वादी का करना नज़ारा
न उसको गवारा यूँ रुकना यहाँ है

कोई-खेतों-खलियां, न नजदीक हो जब
झील और जंगल के ऐं दरमियाँ में
अजब कितना गुज़रेगा घोड़े पे मेरे
मेरा ठहर जाना शबे-शादमां में

झटकता है वो साज़ घंटी का अपनी
ख़ामी न ताकि कहीं कोई भी हो,
आवाज़ है महज़ धीमी हवा की
या धीरे से गिरती हुई बर्फ़ की जो

जंगल है तारीक़, गहरे, रुपहले
मगर मुझको वादे अभी हैं निभाने,
कई कोस जाना है सोनें से पहले
कई कोस जाना है सोने से पहले

टी. एस. एलियट
(1888-1964)

टी. एस. एलियट को बीसवीं सदी का 'लिटरेरी डिक्टेटर' कहा जा सकता है, क्योंकि इस सदी के साहित्य की दिशा निर्धारित करने में जितनी अहम् भूमिका उनकी है और किसी की नहीं। वे कवि होने के साथ-साथ एक अति महत्त्वपूर्ण आलोचक और जाने-माने नाटककार हैं; कविता की तो उन्होंने पूरी तरह दिशा ही बदल कर रख दी। उन्नीसवीं सदी की कविता कमोबेश रोमानी कविता है—प्रकृति की कविता, देहातों की कविता, स्वप्नलोक की कविता, सौन्दर्य की कविता, प्रेम और आदर्शवाद की कविता, तीव्र भावनाओं की और आशावाद की कविता। एलियट का कहना था कि बीसवीं सदी में यह कविता अपनी प्रासंगिकता खो चकी है। आज के औद्योगिक युग की समस्यायें और उसका यथार्थ बहुत पेचीदा और नया है। रोमानी कविता प्रकृति और स्वप्न के संसार में जीती हुई इस

यथार्थ से कोसों दूर है। इसलिये वे रोमानी कविता के कट्टर विरोधी हैं। उनका कहना है कि आज की कविता शहर की कविता है, जहां इन्सान अपना व्यक्तित्व और अपनी अस्मिता खो चुका है और त्रास की स्थिति में एकाकीपन का दिशाहीन, ध्येयहीन जीवन व्यतीत करता है। वह धर्म से बहुत दूर हो गया है और सब आस्थाएं खो चुका है। उनकी कविता गन्दगी, भय और बोरियत की कविता है। आज के आदमी की यौन-विकृतियां उनकी कविता का एक मुख्य विषय है। उनकी कविता कथ्य के लिहाज़ से ही नहीं, शिल्प के लिहाज से भी एकदम अलग और नयी है। वे एक विद्वान कवि हैं और कम से कम शब्दों में अपनी बात कहना चाहते हैं। इस अत्यधिक संक्षिप्तता के कारण उनकी कविता प्रायः कठिन हो जाती है और नये पाठक को इसका सिर-पैर पता नहीं चलता। परन्तु ये कविता आज के यथार्थ की महत्त्वपूर्ण कविता है। फ्रांसीसी कविता से प्रभावित, एलियट अंग्रेजी में आधुनिक कविता के वानी है। उनका दबदबा इतना था कि बहुत से लोगों ने उनके अनुकरण में लिखना शुरू कर दिया और अधिकांश ने अपने आपको तबाह कर लिया, और कविता मात्र से ही पाठक को वितृष्णा हो गयी। उन लोगों में न ही एलिएट जैसी ऊर्जा भी, न ही उनका-सा विश्वास। परिणाम स्वरूप कविता लगातार जटिल और रसहीन होती चली गई। एलियट की रचनाओं में 'लव सॉग ऑफ़ जे. एलफ्रेड प्रूफ्राक', 'वेस्ट लैण्ड', 'ऐश वैड्नसडे', 'हॉलो मैन', 'फोर क्वारटेट्ज' आदि खासतौर पर उल्लेखनीय हैं।

The Love Song of J. Alfred Prufrock

Let us go then, you and I,
When the evening is spread out against the sky
Like a patient etherised upon a table;
Let us go, through certain half-deserted streets,
The muttering retreats
Of restless nights in one-night cheap hotel
And sawdust restaurants with oyster-shells:
Streets that follow like a tedious argument
Of insidious intent
To lead you to an overwhelming question...
Oh, do not ask, 'What is it?'
Let us go and make our visit.

In the room the women come and ago
Talking of Michelangelo.

The yellow fog that rubs its back upon the windowpanes,

जे एल्फ्रेड प्रूफ्राक का प्रेम गीत

उठ, कि चलें अब मैं और तू
आसमान के तले शाम जब
पड़े अचेत मेज़ पर एक
पसरी हुई है रोगी-सी,
सूनी होती गलियों से
आओ चलें हम
मैले-कुचैले रेस्तराओं, होकर सस्ते ढाबों से
एक रात के जहां मुसाफ़िर पड़े नींद में बड़-बड़ कर
रातों की बेचैनी में,
बदनीयत इक टेढ़े तर्क-सी
आओ चलें हम गलियों से
ज़बरदस्त उस प्रश्न के सम्मुख...
अरे पूछ मत क्या है वो
आओ चलें अब मैं और तू

आती-जाती कमरे में
बतियाती हैं महिलायें
माईकलाएंजलो के बारे में

पीठ रगड़ता पीला कोहरा खिड़की के शीशे से
नाक रगड़ता पीला धुआं खिड़की के शीशे से
जीभ से अपनी चाटा उसने सन्ध्या के कोने को,

The yellow smoke that rubs its muzzle on the window panes
Licked its tongue into the corners of the evening,
Lingered upon the pools that stand in drains,
Let fall upon its back the soot that falls from chimneys,
Slipped by the terrace, made a sudden leap,
And seeing that it was a soft October night,
Curled once about the house, and fell asleep.

And indeed there will be time
For the yellow smoke that slides along the street
Rubbing its back upon the window-panes;
There will be time, there will be time
To prepare a face to meet the faces that you meet;
There will be time to murder and create,
And time for all the works and days of hands
That lift and drop a question on your plate;
Time for you and time for me,
And time yet for a hundred indecisions,
And for a hundred visions and revisions,

रुका घड़ी-भर गन्दे पानी पर, खड़ा नालियों में जो,
पीठ पर अपनी पड़ने दिया फिर चिमनी से गिरते धुएं को,
मार छलांग अचानक छज्जे से फिसला फिर,
और देखकर रात सुहानी अक्तूबर की
चक्कर काटा एक और सो गया थक कर

फिर फैलेगा कोहरा गली में
फिर रगड़ेगा पीठ वह अपनी खिड़की के शीशे से, मौके अभी
कई आयेंगे, पहन मुखौटे
मिलने लोगों से

मौका हत्या करने का और फिर रचना करने का,
आयेगा मौका कामों का हाथों के
जो कि प्रश्न उठाकर तेरी पलेट में हैं रख देते
सौ-सौ अभी अनिश्चय का आयेगा मौका,
सौ-सौ बार बदलने का इक निश्चय को,
चाय और बिस्कुट से पहले अभी आयेंगे मौके

आती-जाती कमरे में
बतियाती हैं महिलायें
माईकलएंजलो के बारे में

है क्या जुर्रत? है क्या साहस मुझमें?
अभी सोचने का सचमुच आयेगा मौका,
चढ़के सीढियाँ अभी उतरने का मौका आयेगा,
बीचों-बीच बे सिर के मेरे गंज देख बोलेंगी,
"उड़ते जा रहे बाल हैं कैसे इसके"

Before the taking of a toast and tea.

In the room the women come and go
Talking of Michelangelo.

And indeed there will be time
To wonder, 'Do I dare?' and, 'Do I dare?'
Time to turn back and descend the stair,
With a bald spot in the middle of my hair—
[They will say: 'How his hair is growing thin!]
My morning coat, my collar mounting firmly to the chin,
My necktie rich and modest, but asserted by a simple pin—
[They will say: 'But how his arms and legs are thin!]
Do I dare
Disturb the universe?

In a minute there is time
For decisions and revisions which a minute will reverse.

For I have known them all already, known them all—
Have known the evenings, mornings, afternoons,
I have measured out my life with coffee spoons;
I know the voices dying with a dying fall

कोट है सुन्दर मेरा, कालर सटा हुआ ठोड़ी तक,
नैकटाई हैं बढ़िया और इक सादा पिन है इसमें,
लेकिन बोलेंगी वे "टाँगे-बाँहें पतली इसकी कैसी"
है क्या साहस मुझमें

उथल-पुथल जो करूं मैं पैदा
जाकर उनकी दुनिया में?
एक मिनट में आयेगा मौका
सारे निश्चय बदल देने का,
कई बार आयेगा मौका

पहले से ही जानता हूं मैं इनको सबको, सबको
सुबह-शाम दोपहरें मेरी सब जानी पहचानी,
मैंने माप के रख दी जिन्दगी कॉफी के प्यालों से,
मेरी सुनी हुई हैं सारी
मद्धम पड़ती मौसीकी की
दूर किसी कमरे से आती
चुकती हुई सी आवाजें ये
साहस करूं मैं फिर कैसे?

Beneath the music from a farher room
So how should I presume?

And I have known the eyes already, known them all—
The eyes that fix you in a formulated phrase,
And when I am formulated, sprawling on a pin,
When I am pinned and wriggling on the wall,
Then how should I begin
To spit out all the butt-ends of my days and ways?
And how should I presume?

And I have known the arms already, known them all—
Arms that are braceleted and white and bare
[But in the lamplight, downed with light brown hair!]
Is it perfume from a dress
That makes me so digress?
Arms that lie along a table, or wrap about a shawl.
And should I then presume?
And how should I begin?

Shall I say, I have gone at dusk through narrow streets
And watched the smoke that rises from the pipes
Of lonely men in shirt-sleeves, leaning out of windows?...
I should have been a pair of ragged claws
Scuttling across the floors of silent seas.

पहले से ही जानता हूं मैं इन आँखों को, इन सारी आँखों को
ये आँखें जो जकड़ हैं लेती गढ़ी हुई उक्ति में मुझको
और मैं जब हूँ जकड़ा जाता
कीला जाता
और रेंगता हूँ दीवार पर
तब मैं कैसे थूकूं मन के
बचे हुए सिगरेट के टुकड़े?
साहस करं तो कैसे?

ये बाँहें भी भली भाँति हैं देखी हुई सब मेरी-
कंगन वाली और ये खाली और ये गोरी-गोरी
(बिजली के आलोक में जिनके बाल हैं दिखते भूरे)
मेज़ पे पसरी या लिपटीं शालों में.
किस पोशाक की खुशबू ने है मन मेरा भरमाया
अब ऐसे में
साहस करूं तो कैसे?
कैसे शुरू करूं मैं?

> कहूं मैं क्या कि तंग-संकरी गलियों में
> संध्या समय गया था
> जहां खिड़कियों में से झांकते एकाकी लोगों की पाईप से
> उठता धुआं है मैंने देखा...
> सागर की जो तह में विचरता
> करड़े पंजों वाला
> काश इक जीव में ऐसा होता

सहलायी गयी नाज़ुक हाथों से
शाम-दुपहरी
तेरे मेरे इर्द-गिर्द है पसरी धरती पर,

And the afternoon, the evening, sleeps so peacefully!
Smoothed by long fingers,
Asleep...tired...or it malingers,
Stretched on the floor, here besides you and me.
Should I, after tea and cakes and ices,
Have the strength to force the moment to its crisis?
But though I have wept and fasted, wept and prayed,
Though I have seen my head [grown slightly bald]
brought in upon a platter,
I am no prophet—and here's no great matter;
I have seen the moment of my greatness flicker,
And I have seen the eternal Footman hold my coat, and snicker,
And in short, I was afraid.

And would it have been worth it, after all,
After the cups, the marmalade, the tea,
Among the porcelain, among some talk of you and me,
Would it have been worth while
To have bitten off the matter with a smile,
To have squeezed the universe into a ball
To roll it toward some overwhelming question,
To say: 'I am Lazarus, come from the dead,

थकी-थकी सी सोयी हुई या सोने का नाटक करती
चाय केक पकोड़े खाकर
मैं जूझूं संकट से जाकर?
क्या मैं इस काबिल हूँ?
मैं रोया हूं, रोज़ा रक्खा है, रोया और दुआ माँगी है,
एक पलेट में (गंजा हुआ कुछ) लाया जाता
मैंने अपना सिर देखा है,
लेकिन मैं हूँ नहीं पैगम्बर-
ना ही कोई बात है ऐसी मुझमें
क्षण महानता का अपनी इक
झिलमिल-सा मैंने देखा है
और अनादि प्रहरी देखा
कोट उठाये मेरा मुस्काता
सच पूछो तो मैं भीरू था

फ़ायदा ही क्या, आखिर क्या है तुक ही इसमें,
चाय-मुरब्बा कप-तश्तरी
तेरे-मेरे ज़िक्र के बाद ही
बात शुरू हंसकर करने में?
है क्या कोई इसमें फ़ायदा-
भींच सकल ब्रह्माण्ड को लेना
एक गेंद में, और उसे लुढ़का फिर देना
जबरदस्त इक प्रश्न की जानिब,
और यह कहना "मैं हूं लेज़ारिस
मृत्युलोक से आया हूं मैं
तुमको सारे भेद बताने।"
है कोई तुक कहने में, जब
तकिया सीधा करती हुई कोई
यह कह दे कि
"यह मेरा अभिप्राय नहीं था,
यह बिल्कुल अभिप्राय नहीं था।"

Come back to tell you all, I shall tell you all —
If one, settling a pillow by her head,
        Should say: 'That is not what I meant at all.
        That is not it, at all.

        And would it have been worth it, after all,
Would it have been worth while,
After the sunsets and the dooryards and the sprinkled streets,
After the novels, after the teacups, after the skirts that trail along the floor—
And this, and so much more?—
It is impossible to say just what I mean!
But as if a magic lantern threw the nerves in patterns on a screen:
Would it have been worth while
If one, settling a pillow or throwing off a shawl,
And turning toward the window, should say:

        'That is not it at all,
        That is not what I meant, at all.'

क्या है तुक ही इसमें आखिर
सूर्यास्त व चाय के प्यालों और स्कर्टो
छिड़काव हुई गलियों, दरवाजों, और नावलों-
इसी तरह की दिनचर्या के बाद
बहुत सी,
है क्या फायदा कहने में कुछ?
मुझे नहीं मालूम कि मेरा क्या मन्तव्य है!
यूं लगता है जादू की इक लालटैन ने
मेरा रेशा-रेशा
इस पर्दे पर फैंक दिया है—
आखिर क्या है फायदा इसमें
तकिया सीधा करती हुई, कोई शाल फैंकती
मुंह फेरकर खिड़की की गर तरफ यह कह दे
"यह मेरा अभिप्राय नहीं था,
यह बिल्कुल अभिप्राय नही था।"

No! I am not Prince Hamlet, nor was meant to be;
Am an attendant lord, one that will do
To swell a progress, start a scene or two,
Advise the prince; no doubt, an easy tool,
Deferential, glad to be of use,
Politic, cautious, and meticulous;
Full of high sentence, but a bit obtuse;
At times, indeed, almost ridiculous—
Almost, at times, the Fool.

I grow old...I grow old...
I shall wear the bottoms of my trousers rolled.

Shall I part my hair behind? Do I dare to eat a peach?
I shall wear white flannel trousers, and walk upon the beach.
I have heard the mermaids singing, each to each.

I do not think that they will sing to me.

I have seen them riding seaward on the waves
Combing the white hair of the waves blown back
When the wind blows the water white and black.

नहीं, नहीं मैं नहीं हैमलेट,
ना ही मुझको होना था
सेवा में हूँ एक मन्त्री,
दृश्य शुरू कर दे एक-दो
जो नाटक को आगे बढ़ाये,
शाहज़ादे को दे जो मश्वरा-
एकदम चौकस, बड़बोला, पर
ज़रा-सा पागल,
कभी-कभी तो निरा विदूषक

बूढ़ा होने लगा हूँ अब मैं...बूढ़ा अब मैं होने लगा हूँ...
पहनूँगा पतलून के पांहचे मोड़कर अब मैं

क्या बाहूं अब बाल मैं पीछे?
क्या खा सकता हूँ मैं आड़ू ?

मैं पहनूँगा फलालैन की सफेद पैंट और
सागर तट पर घूमूंगा
एक-दूसरे की खातिर
गाती हुई जलपरियों को
सुना है मैंने,
लेकिन मुझको शक है कि ये
मेरे लिये भी गायेंगी
पवन उछाल है देता जब श्याम-धवल जल को
मैंने केश धवल लहरों के
बहाते हुए पीछे को
सागर में बढ़ते हुये आगे
देखा है उनको

We have lingered in the chambers of the sea
By sea-girts wreathed with seaweed red and brown
Till human voices wake us, and we drown..

जलकन्याओं की पहनाई
लाल औ' भूरी सीपियों वाले
पहने मालायें
सागर तट पर रूके रहे हम
अब आखिर आदम आवाज़ें
हमें बुलातीं
और डूब हम फिर हैं जाते

डब्ल्यू. एच. ऑडेन
(1907-1979)

येट्स और एलियट के बाद बीसवीं सदी की अंग्रेजी कविता में बड़ा नाम डब्ल्यू. एच. ऑडेन का है। उन्होंने वर्ड्सवर्थ की तरह कविता लिखना शुरू किया, परन्तु जल्दी ही वे टी. एस. एलियट के प्रभाव में आ गए। हालांकि वे इलियट की तरह रोमानी कविता के विरोधी थे, पर थे एलियट से काफ़ी अलग। वे लड़कपन में शारीरिक रूप से कमज़ोर, भावुक, डरपोक और एकान्तप्रिय थे। उनकी नज़र भी कमज़ोर थी। 1930 के आसपास इंग्लैड में कविता लिखने वालों की एक मंडली खास तौर से सक्रिय थी। इस मंडली में सी.डे. लीविस, स्टीफेन स्पेडर और लुई मेक्नीस जैसे जाने-माने नाम शामिल थे। इस मंडली के नेता ऑडेन थे। ये लोग 'कला-के-लिए-कला' के सख़्त खिलाफ़ थे। उनके अनुसार कला का काम भी व्यक्ति और समाज की समस्याओं को हल करना ही है। ये लोग मनोविज्ञान में होने वाले अनुसंधान और उसकी खोजों से ब्रहुत प्रभावित थे। यह बीसवीं सदी की चौथी दहाई की महामन्दी का ज़माना था। कामकाज ठप्प था, अर्थव्यवस्था चौपट थी

और बाज़ार में भयानक मन्दी। बहुत-से अन्य युवकों की तरह, आडेन भी मार्क्सवाद की तरफ आकर्षित हुए। पूँजीवाद में मुनाफ़ाखोरों द्वारा एकाधिकारवाद जैसी स्थिति पैदा कर देना, कारखाने बन्द हो जाना, नौकरियाँ खत्म हो जाना, लोगों के पास खर्च करने के लिए पैसा न होना और फिर बाज़ार में सामान का न बिक पाना इन सब समस्याओं का समाधान उन्हें मार्क्सवाद में नज़र आया। आधुनिक मनोविज्ञान से उनको समझ में आया कि आदमी भय और चिन्ता की स्थिति में रहता है, और स्वार्थ तथा आत्मनिष्ठता उसके सबसे बड़े शत्रु हैं। ये तरह-तरह के रोगों को जन्म देते हैं। इस समय वे वैज्ञानिक दृष्टिकोण पर बहुत बल देते थे। कालान्तर में ऑडेन धार्मिक कविता लिखने लग गए। हास्य व्यंग्य, विशेषकर आज के जीवन और असकी विडम्बनाओं पर कटाक्ष करते समय उस उनकी कलम बहुत धारदार हो जाती है। कवि होने के अतिरिक्त, आडेन एक नाटककार भी थे। उनकी मशहूर कविताएँ है, 'इन मेमरी ऑफ़ डब्ल्यू.बी. येट्स, 'शील्ड ऑफ़ एक्लिीज़', 'सैप्पटैम्बर 1939', 'कनसिडर', 'अननोन सिटिज़न' आदि। वे अमरीका में जाकर बस गए थे और वहीं उनका देहान्त हुआ।

The Unknown Citizen

He was found by the Bureau of Statistics to be
One against whom there was no official complaint
And all the reports on his conduct agree
That, in the modern sense of an old-fashioned word, he
was a saint,
For in everything he did he served the Greater Community.
Except for the War till the day he retired
He worked in a factory and never got fired,
But satisfied his employers, Fudge Motors Inc
Yet he wasn't a scab or odd in his views,
For his Union reports that he paid his dues,
(Our report on his Union shows it was sound)
That he was popular with his mates and liked a drink.
The Press are convinced that he bought a paper everyday
And that his reactions to advertisements were normal in
everyway.
Policies taken out in his name prove that he was once in
hospital but left it cured.
Both Producers Research and High-Grade Living declare

अनजाना नागरिक

सांख्यिकी के अनुसार
कोई शिकायत नहीं थी उसके विरुद्ध
और सबका कहना था कि उसका किरदार
एक आधुनिक संत जैसा था, स्वच्छ और शुद्ध
और हर काम था समाज के हित के अनुरूप
सिवाय युद्ध के दिनों के,
किसीं फैक्ट्री में रहा वो काम करता
और एक बार भी नौकरी से नहीं निकाला गया
उसके नियोक्ता, फज मोटर्ज इंकार्पोरेटिड खुश थे उससे
हालांकि अपनी यूनियन के विचारो से अलग नहीं था वह
क्योंकि वह देता था नियमित रूप से चन्दा
और हमारी सूचना के अनुसार वह यूनियन भी
ठीक-ठाक ही थी
अपने सहकर्मियों के साथ था मेल-मिलाप से रहता,
पीता-खाता
हर रोज़, खरीदता था अखबार, और प्राप्त सूचना के अनुसार
विज्ञापनों के प्रति सामान्य था दृष्टिकोण उसका
बीमा करवा था रक्खा, और स्वास्थ्य कार्ड के अनुसार
एक बार गया था वह हस्पताल
और स्वस्थ होकर था लौटा
निर्माताओं के अनुसन्धान और उच्च-स्तरीय-जीवन वालों के अनुसार

He was fully sensible to the advantage of the Instalment Plan
And had everything necessary to the Modern Man.
A phonograph, a radio, a car, and a frigidaire.
Our researcher into Public Opinion are content
That he held the proper opinions for the time of year:
When there was peace, he was for peace; when there was
war, he went.
He was married and added five children to the population,
Which our Eugenist says was the right number for a parent
of his generation
And our teachers report that he never interfered with their
education.
Was he free? Was he happy? The question is absurd;
Had anything been wrong, we should certainly have heard.

किश्तों पर सामान खरीदने के फ़ायदों से
पूरी तरह था वाकिफ़ वह
रेडियो, टेलीफोन, फ्रिज और कार
सब कुछ था पास उसके, एक आधुनिक आदमी को जो होता है
दरकार
शान्ति में शान्ति का पक्षधर, युद्ध हुआ तो युद्ध में गया
सन्तुष्ट हैं हमारे अनुसन्धानकर्ता कि समय के अनुसार ही था
राय रखता
शादीशुदा था, और पाँच बच्चे थे उसके
जनसंख्या विशेषज्ञों के अनुसार जो उसकी पीढ़ी के
पिता के लिये ठीक ही थे
और अध्यापकों के अनुसार, वह शिक्षा के मामले में
कभी दखल नहीं था देता
क्या वह स्वतन्त्र था? क्या वह खुश था?
सवाल है बेहूदा
यदि कोई मसला होता तो क्या हमें पता न चलता?

लार्ड बायरन
(1788-1824)

रोमानी कवियों की श्रृंखला में बायरन ही एक ऐसे कवि हैं जो कविता के माध्यम से स्वयं पर हँसने और दूसरों को गुदगुदाने की क्षमता रखते हैं। वर्ड्सवर्थ, शैली या किसी भी रोमानी कवि की रचनाओं में हास्य और व्यंग्य नहीं मिलता, परन्तु बायरन को हास्य-व्यंग्य पर महारत हासिल है।

बायरन का जन्म 1788 में फ्रान्सिसी क्रान्ति से एक वर्ष पूर्व लन्दन में हुआ। अपनी ग्यारहवीं वर्षगाँठ पर बायरन अपने दादा की जायदाद के वारिस बने और उन्हें लार्डशिप भी मिली।

बायरन अत्यन्त आकर्षक व्यक्ति थे और उनका लँगड़ापन उन्हें महिलाओं में और भी लोकप्रिय बनाता था।

वे एक बागी कवि थे। उनकी कविताओं में स्थापित सत्ता (ESTABLISHED AUTHORITY) और परम्परा-विरोध का स्वर मुखर है।

सन् 1807 में कैम्ब्रिज में बायरन ने अपनी कविताओं का पहला संगह 'आवर्स ऑफ आइडलनेस' प्रकाशित किया। 1809 में बाइस वर्षीय बायरन यूरोप और पूर्वी

देशों की यात्रा पर गए। इन यात्राओं का प्रभाव उनकी मशहूर कविता 'चाइल्ड हेरल्ड्स पिलग्रिमेज' में साफ झलकता है। दोनों भागों में रोमानी दृश्यों का भरपूर चित्रण है।

1815 में बायरन का विवाह मिस मिलबांक से हुआ, परन्तु अन्ततः असफल रहा। निराश होकर 1816 में बायरन इंग्लैंड छोडकर विदेश यात्रा पर निकल गए। यात्रा के दौरान वे इटली पहुँचे, जहाँ उनकी शैली से मित्रता हुई और शैली की मृत्यु (1822) तक दोनों गहरे मित्र रहे। उनके घर बागी कवियों-विचारकों का जमावड़ा होता था, जो अपने आपको 'पेट्रिपॅट्स' कहते थे।

प्रवास के दौरान बायरन के 'चाइल्ड हेरल्ड्स पिलग्रिमेज' कविता तथा केन एण्ड मैनफ्रेंड' व 'डॉन जुऑन' की रचना की। 'डॉन जुऑन' में इंग्लैंड के रीति रिवाजों पर तीखा कटाक्ष किया गया है।

बायरन के मस्तिष्क में बुद्धि और भावना के बीच एक द्वन्द्व था। वे रोमानी कवियों की तरह कल्पना को सर्वोच्च नहीं मानते थे। उनकी सोच इस तरफ इशारा करती थी कि जरूरी नहीं जो हम कल्पना करें वह सच ही हो जाए।

यद्यपि कुछ विषयों में बायरन रोमानी कवियों से इत्तिफाक नहीं रखते थे, परन्तु पूरी तरह उनसे असहमत भी नहीं थे। वे प्रकृति को वर्ड्सवर्थ की तरह रहस्य का जामा नहीं पहनाते, परन्तु उनका भी प्रकृति से विशेष लगाव था। शायद यह कहना उचित होगा कि प्रकृति उनके लिए एक अलग तरह का रहस्य थी-एक ऐसा रहस्य जो उन्हें अपने अन्दर समा लेता था। प्रकृति उन्हें शक्ति प्रदान करती थी, परन्तु, किसी नई दुनिया के दरवाजे नहीं खोलती थी। बायरन ने प्रकृति के सामने मनुष्य की विवशता पर भी प्रकाश डाला, जिसे अन्य रोमानी कवियों ने सदा नजरअन्दाज किया।

बायरन पोप और ड्राइडन के प्रशंसक थे, परन्तु उनकी कविताओं में ऑगस्टन युग की नपी-तुली कविताओं का प्रभाव बहुत कम है और फ्रान्सिसी क्रान्ति को उच्चाकाँक्षी विचारधारा की गूंज है।

बायरन प्रेम के अनुभवी थे, परन्तु शैली की तरह, वे प्रेम को दो आत्माओं का मिलन नहीं मानते। शायद बायरन के लिए प्रेम एक आदर्श स्थिति थी, जिसे वे कभी प्राप्त नहीं कर पाए। सी.एम. बावरा का यह कथन उचित है कि यद्यपि बायरन ने रोमानी कल्पनाशीलता को अस्वीकार किया, परन्तु बहुत-सी बातों, जैसे मनुष्य के आदर्शो, को लेकर उनका दृष्टिकोण रोमानी ही रहा।

कीट्स और शेली की ही भाँति बायरन की मृत्यु भी छत्तीस वर्ष की अल्पायु में, 1824 में हो गई।

SHE WALKS IN BEAUTY

She walks in beauty, like the night
of cloudless climes and starry skies,
And all that's best of dark and bright
Meet in her aspect and her eyes;
Thus mellow'd to that tender light
Which heaven to gaudy day denies.

One shade the more, one ray the less,
Had half impair'd the nameless grace
Which waves in every rayen tress
Or softly lightens o'er her face,
Where thoughts serenely sweet express
How pure, how dear their dwelling-place.

And on that cheek and o'er that brow
So soft, so calm, yet eloquent,
The smiles that win, the tints that glow
But tell of days in goodness spent,
A mind at peace with all below,
A heart whose love is innocent.
(from BEBREW MELODIES)

सुन्दरता की मूर्ति

सितारों भरी चाँदनी रात की तरह
सुन्दर है वह
उसका चेहरा और आँखें उसकी
संगम हैं धूप-छाँव का
ऐसी कोमलता है इस प्रकाश में
नहीं मिल सकती जो दोपहरी के आकाश में।
एक अनोखा लावण्य है उसमें

एक अनचीन्हा लावण्य
झलकता है काले बालों और चमकते चेहरे में।
ज़रा-सी न्यूनता हो कहीं या ज़रा-सी अधिकता
तो दरार आ जाएगी इसमें।
ऐसा लावण्य जिसमें गम्भीर, पावन और सुन्दर विचार
पाते हैं अपना स्वाभाविक स्थान
करते हैं मुक्त विहार।
उन कोमल गालों और भव्य ललाट पर

ऐसी स्निग्ध और सुन्दर मुस्कान
जिसमें चलता है पता
कि शान्ति है मन में उसके
निर्मल है हृदय
और नेकी में जीवन गुज़रा है उसका।

ऐण्ड्रू मार्वल
(1621-1678)

जॉन डन के बाद मार्वल एक महत्वपूर्ण मेटाफिजिकल कवि हैं। उनका जन्म सन् 1621 में हुआ। उनके पिता एक सम्भ्रान्त और शिक्षित व्यक्ति एवं एक उच्चाधिकारी थे।

मिल्टन जब स्वयं लैटिन सेक्रेटरी थे, तो उन्होंने ने मार्वल की सिफारिश करते हुए कहा था कि मार्वल ने चार वर्ष हॉलैण्ड, फ्रांस, इटली और स्पेन में बिताए हैं, अतः मार्वल उनके असिस्टेन्ट बनने के लिए पूरी तरह योग्य हैं।

इंग्लैंड में गृहयुद्ध के दौरान (जिसमें चार्ल्स प्रथम को प्यूरिटन मत के समर्थकों ने मौत के घाट उतार दिया था) मार्वल निष्पक्ष रहे, यद्यपि उनकी सहानुभूति चार्ल्स प्रथम के साथ थी। क्रामवेल (जो उस समय के नायक थे) को लेकर उनके मन में विरोधाभास था। एक रचना में उन्होंने उनका अभिनन्दन भी किया। 1630 में उन्होंने अपनी मशहूर कविता 'ए होरेशियन ओड अपॉन क्रामवेल्स रिटर्न फ्राम आयरलैण्ड लिखी। यह कविता अपनी निष्पक्षता के लिए प्रसिद्ध है। इस कविता में, प्लूटार्क के किसी

नायक की तरह, क्रामवेल के उदय का कलात्मक अध्ययन किया गया है। राजतन्त्र की पुनः स्थापना के बाद जब चार्ल्स प्रथम का पुत्र चार्ल्स द्वितीय इंग्लैण्ड की गद्दी पर बैठा, तो राजतन्त्र के विरोधियों और चार्ल्स प्रथम के हत्यारों को दण्ड मिलना स्वाभाविक था। उस सूची में मिल्टन का नाम सर्वोपरि था और उन्हें मृत्युदण्ड मिलना निश्चित था। ऐसे में मार्वल ने, जो संसद सदस्य थे, बीच-बचाव करके उनकी जान बचाई। मार्वल ऐसा न करते, तो दुनिया 'पैराडाइज़् लॉस्ट' जैसी महान् रचना से वंचित रह जाती।

मार्वल की कविताएँ बहुधा प्रेम, राजनीति और धर्म पर आधारित हैं। इन कविताओं का मुख्य स्वर व्यंग्यात्मक है। उनकी सबसे सुन्दर 'TO HIS COY MISTRESS' मानी जानी चाहिए। यह उत्कृष्ट परन्तु गैर पारम्परिक प्रेम-कविता है, जो रोमानी न होकर यथार्थवादी है। इस कविता में बहुत से सशक्त बिम्बों का प्रयोग हुआ है। 'And at myback I always her/Time's winged chariots drawing near/ And yonder all before me lies/deserts of vast eternity' के बारे में प्रसिद्ध कवि और आलोचक टी.एस. इलियट ने कहा है कि इन पंक्तियों में सम्पूर्ण सभ्यता बसती है।

अन्य मेटाफिजिकल कवियों की तरह मार्वल की कविताएँ भी आमतौर पर तर्क-आधारित हैं। कवि तर्क के द्वारा अपने दृष्टिकोण की पुष्टि करते हैं। इन कविताओं में भावनाओं और विचारों का अद्भुत मेल है जिसे इलियट ने 'यूनिफाइड सेन्सिबिलिटी' कहा है और वे ऐसी कविता को उत्कृष्ट मानते हैं। मार्वल की अन्य प्रसिद्ध कविताएँ हैं 'दि डेफिनिशन ऑफ लव' (जिसमें कवि ने प्रेमियों की तुलना दो समानान्तर रेखाओं से की है, जिनका मिलना सम्भव नहीं है) तथा 'दि गार्डन' । गार्डन को यहाँ कवि ने शान्ति और मासूमियत का निवास-स्थल कहा है, जो विश्व के सारे सुख और वैभव से सर्वोपरि है। मार्वल कहते हैं कि यह गार्डन किसी महिला के सौन्दर्य को भी मात देता है। अतः यह खुबसूरत गार्डन आत्मा, शरीर एवं मस्तिष्क तीनों का पोषण करता है। 'ए डॉयलॉग बिटवीन बॉडी एण्ड सोल', 'यंग लक' तथा 'अयॉप एपलटन हाउस' की गणना भी मार्वल की मशहूर कविताओं में की जाती है।

TO HIS COY MISTRESS

Had we but world enough, and Time,
This coyness Lady were no crime.
We would sit down, and think which way
To walk and pass our long loves Day.
Thou by the Indian Ganges side
Should'st rubies find: I by the Tide
Of Humber would complain.
I would Love you ten years before the Flood:
And you should if you please refuse
Till the Conversion of the jews.
My vegetable Love should grow
Vaster than Empires, and more slow.

An hundred years should go to praise
Thine Eyes, and on thy Forehead Gaze.
Two hundred to adore each Breast:
But thirty thousand to the rest:
An Age at least to every part,
And the last Age should show your Heart.
For Lady you deserve this State:
Nor would you I love at lower rate.

लजीली प्रेमिका से

यदि हमारे पास पर्याप्त समय होता, प्रिय
तो तुम्हारे संकोची स्वभाव से कोई आपत्ति नहीं थी मुझे
तब हम तय करते अपनी प्रेम-यात्रा बड़ी फुर्सत से।
तुम गंगा के किनारे हीरे तलाशती फिरती
और मैं (जर्मनी की) हम्बर नदी के तीर पर तुम्हारी उपेक्षा का करता रहता गिला।
मैं प्रलय होने से भी पहले अपना प्रणय-निवेदन करता
और तुम यहूदियों के धर्म-परिवर्तन करने तक करती रहती इनकार
और धीरे-धीरे चलता रहता हमारा प्रेम-व्यापार।
सौ सालों तक करता मैं तारीफ तुम्हारी आँखों की
और निहारता रहता तुम्हारा चेहरा,
दो सौ साल तक सराहता तुम्हारे वक्षस्थल को
और तीस हजार साल बिताता शेष अंगों की प्रशंसा में,
पूरा एक युग लगाता एक-एक अंग पर
और अन्त में दिखाता तुम्हारा हृदय।
इतनी प्रशंसा की तो तुम हकदार हो, प्रिय
ऐसे ही तो नहीं करता हूँ मैं प्रेम तुमसे!

परन्तु मैं निरन्तर सुनता हूँ अपने पीछे
उड़ते हुए आते समय के रथ की चाप
और देखता हूँ सामने
अनन्त के रेतीले विस्तार,
तुम्हारा कौमार्य तब आया-गया हो गया होगा

But at my back I alwaies hear
Time's winged Charriot hurrying near:
And younder all before us lye
Desarts of vast eternity.
Thy Beauty shall no more be found,
Nor, in thy marbel Vault, shall sound
My ecchoing Song: then Worms shall try
That long preserv'd Virginity:
And your quaint Honour turn to dust,
And into ashes all my Lust.
The Grave's a fine and private place,
But none I think do there embrace.

Now therefore, while the youthful hew
Sits on thy skin like morning dew,
And while thy willing Soul transpires
At every pore with instant Fires,
Now let us sport us while we may,
And now, like am'rous birds of prey,
Rather at once our Time devour
Than languish in his slow-clapt pow'r.
Let us roll all our Strength, and all
Our sweetness, up into one Ball:
And tear our Pleasures with rough strife
Through the Iron gates of life.
Thus, Through we cannot make our Sun
Stand still, yet we will make him run.

और संगमरमर के तहखाने में दफन हो चुका होगा मेरा गीत,
खाक हो चुकी होगी मेरी कामुकता
और धूल में मिल चुके होंगे तुम्हारे नखरे
कब्र में होंगे सुरक्षित हम दोनों पड़े,
परन्तु वहाँ तो कोई करता नहीं आलिंगन मेरे ख्याल से।

इसलिए जब तक सुबह की ओस की-सी ताजगी है तुम्हारे चेहरे पर
और बदन से निकल रहे हैं शोले
हमारा समय प्रेम-क्रीड़ा में ही बीते
तब तक आओ प्रिय, शिकारी पक्षियों की तरह,
लस्त पड़े रहने की बजाए,
टूटकर प्यार करें हम एक-दूसरे से,
सारी ऊर्जा और सारा आनन्द सिमट आए एक बिन्दु में
और यदि हम भागते समय को रोक नहीं सकते
बेकार तो न जाने में उसे।

●●●